浪漫过敏

偷马头 著

广东旅游出版社
GUANGDONG TRAVEL & TOURISM PRESS
悦读书·悦旅行·悦享人生
中国·广州

目录

第一章	微 醺	001
第二章	于 私	023
第三章	安全感	047
第四章	吃 醋	067
第五章	拥 抱	083
第六章	木头开窍	105
第七章	危 机	125
第八章	终成眷属	147
第九章	玩 火	167
第十章	礼 物	199
番外一	阙濯的厨神之路	223
番外二	每一天都是热恋	231

第一章

微醺

"进来一下。"

挂断内线电话,安念念垂头丧气地从工位上站起来走向总裁办公室。

这是今天下午第三次了。

第一次是让她泡一杯咖啡进去,第二次是让她把那杯一口没动的咖啡端出来倒了。

显然,今天安念念的职场生活并不平静。

她敲了敲门,得到准许之后,脸上挂上了满分的职业微笑。

"阙总。"

身着烟灰色西装的男人十指交叉于面前的办公桌上,身后是一整面足以俯瞰城市的巨大落地窗。

男人的脸微逆着光,眼神晦暗不清,缓缓地落在眼前一身黑白配色职业套装的女人身上。

"安秘书。"

熟悉的磁性声线,熟悉的生疏称呼,安念念稍稍朝男人躬了躬身表示自己正在听。

第一章 微醺

"昨天的事你还有印象吗?"

安念念的身体僵住。

她抿抿唇,因为摸不透大老板的想法,所以只能选择更加保险的回答:"请阙总放心,无论发生什么情况,我都能够继续胜任现在的工作。"

这到底是有的意思还是没有的意思?

阙濯皱眉,不喜欢这种模棱两可的回答:"算了,你先出去吧。"

安念念如获大赦地退到门外,第一件事就是抽出一张纸巾擦了擦汗。

还以为会被开掉,还好。

说起来就连安念念自己都不信,昨天晚上,她好像和阙濯发生了点什么。

安念念坐回工位,身上黏腻的汗就是她在悔恨与现实的大门之间来回穿梭的钥匙,她后悔自己明明不能喝酒的人,为什么非要头铁地喝酒。

打脸真疼。

想到这里,安念念赶紧重新把阙濯的行程调出来确认,决定不能让阙濯在今年内抓住她的任何把柄。

嗯,阙濯未来一周的行程已经定下了,明天要见的人也已经在前天打电话预约过了,距离下班还有三十分钟,后面也没有预约的来客,没问题了。

安念念心满意足地合上文件夹,手机上就弹出了微信推送。

浪漫过敏

　　一般她是不会在上班时间玩手机的，但安念念今天在午休时间尝试挖掘出大脑皮层最深处的记忆但无果之后，实在是忍不住了，就问了昨晚同行的好友祁小沫。

　　结果这厮直到现在才搭理她。

　　祁小沫：我才醒，你说你全都不记得了？

　　她下意识地用余光瞟了一眼总裁办公室的磨砂玻璃，确定那个挺拔的人影还坐在办公桌后，这才拿起手机回复：是啊，断片酒真的能断片，我的脸好痛，所以沫姐姐您有印象吗？

　　回完消息，安念念放下手机，盯着屏幕在心里默默地祈祷。

　　祁小沫：我想想……嗯……简单来说吧，你昨天喝高了之后说完全不怕你老板阙濯，然后你就打电话把他叫来了！

　　安念念的脑海中顿时如同万马奔腾。

　　不得不说，安念念觉得大魔王阙濯好像也没那么恐怖了，相反好像他还有那么点儿像被欺负了的小媳妇的感觉。

　　直到再次与阙濯面对面。

　　阙濯一身黑西装，推门从总裁办公室里走出来的时候余光往门口安念念的工位上瞥了一眼，安念念就已经忍不住想跪地求饶了。

　　什么小媳妇啊，谁家小媳妇压迫感这么强啊！

　　"您辛苦了，明天见。"

　　安念念瑟瑟发抖地说完便拿起手机假装出一副忙碌的样子，等着阙濯先行离开。她点开与祁小沫的聊天界面就开始疯狂输出：

第一章 微醺

天啊,那你为什么没有阻止我!

十几年的闺中密友,就眼睁睁看着她发疯?!

祁小沫立马就急了,回复一条接一条地往上顶,奈何安念念却没时间再去挨个参详,只能勉强维持着脸上职业性的笑容,颤颤巍巍地抬头看向走到她工位前站定的男人。

"阙总,您还有什么事吗?"

阙濯依旧面无表情,双眸中仍是一片疏冷之色。

"我说今天捎你一程。"

这种好事以前也不是没有过,偶尔阙濯有事去她家附近的时候就会顺带把她捎过去,之前几回安念念都是喜滋滋地接受,光明正大地蹭车。可今天果然是做贼心虚,安念念听见阙濯这么说,心里一丝喜悦都没有,反而如同被猎人抓住的兔子一样慌乱。

"呃……您今天好像没有提前安排去那边的行程。"

"有点私事。"

"嗯……我家那边最近特别堵。"

"没关系。"

"啊……我突然想起来我今天还有点事儿要办先不回家。"

阙濯用手虚撑在安念念的办公桌上,他眉头一皱,安念念不争气地自动改了口:"那个事儿明天去办也行……谢谢阙总。"

最后还是亦步亦趋地跟在阙濯身后来到停车场。

除非很累,一般情况下阙濯更喜欢自己开车,安念念看他进了主驾,想了想还是硬着头皮上了副驾,把包放在腿上,手叠放在包上,规矩得像是课堂上的小学生。

浪漫过敏

阙濯看也没看她一眼就直接把车往停车场外开，安念念这时候才掏出手机偷偷地看了一眼祁小沫的回复。

祁小沫：昨天我当然想阻止你来着，那也得拉得住啊！

祁小沫：你断片之后跟头倔驴一样，死活闹着非要打电话，我好不容易把你拉回沙发上坐下，你就摸到手机开始给阙濯打，一边打还一边哭，说我不让你给他打电话。

安念念是真的羞耻到一个字也看不下去了，满脑袋都是狂轰滥炸的轰鸣声，退到主界面之后还不忘把微信后台运行给关了，看着前方的道路脑中一团乱麻。

啊，要不然干脆换个星球生活吧。

好在阙濯一路上都没搭理她，好像真的就是顺路捎她一程罢了。安念念余光瞄着阙濯那线条刚毅利落的侧脸，一时之间有些恍惚。

昨晚她有没有做什么奇怪的事啊？

其实也不怪安念念不敢相信，毕竟阙濯这个人在业内是出了名的冷淡，他的 DNA 排列中好像就没有那种对女性的怜香惜玉，只有铁腕和雷厉风行。

就比如那种商业晚宴，别的企业家要么拖家带口携妻赚个好名声，要么身旁女伴风情万种以展现自己的男性魅力，唯独这阙濯，每一次都只身一人前往，生怕别人不知道他寡似的。

安念念的家距离公司并不算太远，开车半小时车程，路上畅通无阻就连红灯都没碰上一个。她临下车前又酝酿了三十秒，犹豫自己到底要不要简单谈谈昨晚的事情。

第一章　微醺

就在她犹豫的三十秒里，阙濯先开了口："明天什么行程？"

提起工作，安念念顿时没了半点犹豫，从包里拿出笔记本确认了一眼点点头："明天您的行程比较满，首先是早上七点有一个早会。我已经对照出席名单挨个通知过了，请您放心，之后的行程我待会儿发到您微信上。"

"那明早你给我打个电话，"阙濯说，"二次保险。"

这是要她叫他起床的意思吗？安念念会意点头，收回笔记本之后拿出保温杯拧开盖子啜了一口，语气放松下来："原来您也会有怕睡过头的时候。"

"平时还好，"阙濯语气依旧很淡，甚至没有给安念念一个多余的眼神，"只是昨晚遇到点事磨到凌晨五点，所以要麻烦你一下。"

对话进行到这里，安念念是真的没脸再去提"昨晚"两个字，跟阙濯再三保证明天叫醒服务就包在她身上之后就赶紧溜下了车。

她是连头都不敢回，一路蹿进家门，洗了个澡点了个外卖就躺在了床上。

过了一会儿她开始觉得身体越来越沉，意识越来越模糊，闭眼之前，安念念恍惚间回到了昨晚那个酒店房间。

就像是与混乱的记忆相互呼应，安念念在梦中也依旧看不清酒店的内装，只能看见顶上悬挂的奢华水晶吊灯把光折射切割成极尽华美的碎片映在墙上、地上，还有旁边人的身上。

最后安念念是被外卖员的电话吵醒的。

浪漫过敏

她睁开眼的时候有点儿分不清刚才那个瑰丽的梦到底是怎么回事儿,被外卖员催着去开了门,直到拎着沉甸甸的外卖才回过神来。

不会是昨日重现吧。

安念念现在的心都还不正常地快速跳动着,她有点烦,烦的不光是她现在对眼前这份麻辣烫完全进入了索然无味的状态,还有此刻满脑子都是梦里的男人。

安念念觉得自己可能是最近生活过得太滋润,感受不到生存压力,才会放着好端端的麻辣烫不吃,在这里胡思乱想。

她吃了一口已经被泡得毫无口感的油条,又打开了微信,没打上两个字,想了想还是直接给祁小沫打了个微信语音通话过去。

祁小沫:"哟,您忙完啦?"

一般安念念微信不回复的时候祁小沫就知道她忙去了。

"别贫了别贫了,我跟你说正事儿。"刚才两人的对话进行到她死活要给阙濯打电话,安念念可还惦记着后面的部分呢,"然后呢,然后你们就眼睁睁看着我把阙濯带走了?"

"什么叫你把阙濯带走了啊!"那头祁小沫对她的措辞相当不满,"请你注意一下,是阙濯如天神一般降临在 KTV,然后把正抓着麦克风鬼哭狼嚎的你给带走了,顺便拯救了我们的耳朵,OK?"

你可真是好朋友啊你!

安念念突然感觉偏头疼,她扶住额头,又听那边祁小沫绘声绘色地说:"你是不知道你喝高了之后力气有多大,有多

第一章 微醺

难缠——"

道理安念念都懂："可，再怎么说他也是一个男的，你让他送我回去这不太好吧！"

听着安念念的控诉，那头祁小沫更来劲了："我说真的，让阙濯把你送回家我更担心他的人身安全好吗？！"

"……"

倒也是有道理。

毕竟每次阙濯只身出席晚宴的时候，借着醉酒名义前赴后继的人都不少。三个月前好不容易有媒体拍到阙濯的车送了个模特回家，跟上去追了一路最后发现车上只有司机小杨，后来还是那个娱记开小号吐槽才被人发现抖出来的。

反正自那件事起安念念就觉得阙濯这人不是看破红尘就是个万年孤寡。

"好了好了好了……"安念念觉得自己和阙总结下梁子的事情是板上钉钉了，顿时万念俱灰，"总之这阵子别约我出去喝酒了。"

"为什么？"

"我得好好工作。"千万不能让阙濯抓住把柄。

虽然阙濯并没有直接让她去财务领三个月工资走人，但安念念推测他是在等一个她犯错的契机，好名正言顺地赶走她。

但她实在是不想失去这份薪资优渥、六险二金、加班三倍工资的好工作。

安念念吃完麻辣烫把外卖盒往垃圾桶一扔就进了浴室开始护肤，九点整准时入睡。

浪漫过敏

凌晨六点她被闹钟唤醒，起床第一件事就是先给阙濯打电话。

"阙总，您醒了吗，今天七点有一个早会，现在差不多该起床了。"

"嗯，早。"

听见电话那头男人不平静的呼吸，她赶紧为总裁大人献上一大早最新鲜的殷勤："真不愧是阙总，这么早就开始运动了。您大概什么时候出发，需要我过去接您吗？"

这话放安念念这儿就是一句客套话，因为阙濯不可能让她去接，她也没有条件去接。

但阙濯下一句话就让安念念傻在了床上：

"可以。"那头总裁大人应该是刚结束了最后一组动作，呼吸逐渐平缓下来，"我让小杨绕到你那去一下，正好今天的行程有个地方要改。"

理由充分到让安念念无法反驳。

六点二十分，安念念在楼下与小杨碰了头，钻进副驾才开始化妆。

"安姐今天又起晚啦？"

小杨比安念念小几个月，人如其名，又瘦又高跟棵杨树似的，一笑起来上下两排牙都呲着，看着憨憨的，让安念念一看就倍感亲切。

"是咱们阙总起得太早了。"安念念都不知道阙濯这是几点起的床才能在六点结束健身。

好在小杨开车技术确实不错，一路十分平稳，安念念涂完唇

第一章 微醺

膏时车子正好驶入阙濯所居住的高档小区。这小区位于市中心，距离公司就十分钟车程，安念念看了一眼时间，然后打开车门迎接西装革履的阙濯。

"阙总，这是今天的行程，您看哪里需要改动，我立刻协调。"

阙濯接过行程表扫了一眼的工夫，安念念已经帮他拉开了车门。他长腿一迈坐进去，又侧头看向准备往副驾靠的安念念。

"这个会面往后推迟半小时。"

看阙总手指点了点行程表的某一个位置，安念念立刻松开副驾的门钻进了后座。

"是下午两点的这个吗？"

熟悉的香水味在后座的空间中飘散开来，是那种淡雅又清爽的气味，与她身上这一身干练的职业装十分契合。

"对。"阙濯沉声，"然后看看公司附近有什么餐厅还能预约午餐，浙菜、粤菜都可以，四人席。"

"好的。"

后座的车门闭合，小杨很懂事地发动了引擎，安念念本来想着问完就赶紧回副驾待着，压根没站稳，还靠一条腿支撑在地上维持平衡。

结果小杨这车开得她毫无防备，身子一歪眼看要摔，危机意识大盛的她往里一扑，脑袋就直直地枕上了阙濯的腿。

男人将安念念的脑袋稳稳地接住，冬风般的锐利目光迅速落到了她的脸上。

安念念："……"

浪漫过敏

她顿时觉得自己这条鲜活的 27 岁生命，可能就要止步于今天了。

回公司的十分钟路程变得异常漫长，安念念捏着手机战战兢兢地坐在后座的小角落，只为尽可能地让自己的存在感降低一些。

阙濯也一路没理她，安念念到了公司就赶紧下车给他开门，鞍前马后极尽狗腿之能事。

阙濯上到 38 层会议室的时候，里面人已经来齐了，安念念低着头跟在他身后坐到了一旁的位置上，按照惯例掏出笔记本准备记录一些重点的数据和内容。

这一场会开完已经是十二点多，餐厅已经在会议的中场休息时间预定好，安念念先回到办公室放下会议记录，而后就跟着阙濯进了等候室。

阙濯很少有亲自接待的时候，除非是涉及某些重大商业决策，例如收购和大型商业合作，但今天阙濯身边只带着她一个人，很显然只是一个私人会面。

她跟着阙濯进了等候室的门，正主是一个陌生的中年男人，但中年男人身边跟着的年轻男人却让安念念一下愣在了原地。

"阙总，久闻大名。"

"我对您才是久仰。"

阙濯走上前去和男人寒暄起来，安念念顿了顿才咽下想要告假不去的念头跟了上去。

餐厅地理环境很优越，包厢将外面的杂音隔绝，安念念自觉

第一章 微　醺

地选择了离门最近的位置方便随时为阙濯服务,却看见身旁的椅子被拉开,脱下了西装外套只着白衬衣的年轻男人在她身边坐下。

"好久不见。"

年轻男人五官也十分硬挺俊朗,看着安念念的时候眼神颇有些怀念的意味。

"小柯,你们认识?"中年男人愣了一下随即笑开,"刚才见到阙总太开心了,都忘了介绍,这是我的特助柯新,阙总你是不是也得给我介绍介绍你身边这位大美女啊?"

阙濯闻言淡淡地将目光投向对面紧挨着坐的两人。

"您好,我是安念念,是阙总的秘书。"安念念当然知道阙濯最不喜欢彼此介绍这种冗余的流程,赶紧主动站起身来接上男人的话,"久仰您大名了。"

中年男人笑得更开心了:"不愧是阙濯身边的人,就是嘴甜,但你应该不太可能听说过我,我是搞科研的,我叫梁鸿博。"

安念念一听就懂了,最近公司里确实是有一个针对新能源的企划,也明白阙濯是准备把这个梁鸿博吸纳进来。

不过这梁鸿博也确实让安念念一改对科研人员的刻板印象,说话幽默风趣,说起研究项目仿佛是逗哏,让这顿饭吃得极其轻松。结束前,安念念去洗手间准备补个妆,刚掏出粉饼,余光就瞥见柯新从不远处走了过来。

柯新和安念念曾经是大学校友,柯新比她大一届,在安念念大一的时候就开始对她展开追求,追了一年之后两人终于顺理成章地恋爱了。

浪漫过敏

不过后来两个人之间的结束十分狗血,是因为安念念大学期间最好的室友插足,最后柯新满怀歉意地和她说了分手,和室友在一起了。

"抱歉,我觉得念念你太独立了,好像也并不是那么需要我,但是琴琴不一样,她没有我活不下去的。"

那个理由安念念至今记忆犹新——太独立了。

她对缓步走来的柯新视若无睹,简单地补了一下粉之后拿出了唇膏,却见他并没有走进厕所,而是在她身边站定。

"念念,这几年你还好吗?"

柯新声线温和醇厚,一下让安念念回想起许多大学时的事情。她手上动作不停,只通过镜子短短地扫了柯新一眼。

"挺好的啊。"她收回唇膏扔进包里,语气平淡,"琴琴她还好吗?"

柯新脸上的笑容略有两分僵硬:"我和她也很多年没有联系过了。"

安念念当然知道他们分手了,就在琴琴毕业那年。但她只是想提醒柯新,琴琴的事情在她这里是不会过去的,她也没有大度到可以和劈腿的前男友畅谈近况的程度。

"那可真遗憾。"安念念补好妆朝身旁的男人展颜一笑,"先失陪了。"

正好时间已经两点多了,安念念把单买好,回去提醒了一下阙潍接下来还有其他行程之后,就坐在旁边拿起手机准备找祁小沫吐槽。

第一章 微醺

她的千言万语在喉咙口卡了半天，在微信最近的消息列表中翻来覆去找了三遍才找到祁小沫。

这厮也不知道又犯了什么毛病，把头像改了，色系、风格还和阙濯差不多，安念念一眼扫过去毫无违和感。

"好，那我们下次再详谈，感谢阙总今天的招待。"

"客气了，我送您回去。"

"不用不用，我和小柯正好在附近还有点事，不用麻烦阙总了。"

就在安念念准备找祁小沫好好吐槽一下的时候，今天餐桌上的两位正主同时站起身来，眼看要散席，安念念只得先跟着阙濯一起起身。

安念念与阙濯下到停车场，迫不及待地上了车就拿出手机，在输入框一通暴风输出之后想了想不够过瘾，于是全部删掉换了一句：晚上一起喝酒吗？

阙濯正好坐进驾驶座，却一反常态没有直接把车开出去，而是拿起手机看了一眼。

安念念刚锁上手机屏幕静待闺密佳音，就看见屏幕一亮，心中正为祁小沫的迅速回应而感到欣喜，就看见屏幕上赫然出现一个推送窗口。

阙总：可以。

啊啊啊，发错人了！

安念念感觉自己最近可能有点水逆，这个水逆应该就是以祁小沫突然更换头像为节点激发的。

浪漫过敏

然后这水逆中的里程碑,应该就是现在、此刻。

说出来她自己都不信——她竟然又和阙濯来酒店了。

这一次安念念发誓她压根儿没喝醉,顶多算是微醺,意识很清醒。但刚才在酒吧自己一开始是想着赶紧随便喝两口就说身体不舒服然后撤退的,结果两杯酒下去脑海中就跟老电影似的一个劲地重复以前大学的片段。

她和琴琴从入学第一天新生报到的时候就认识了,两人曾经好得像是一个人,一起军训一起上课一起吃饭一起复习,最后却迎来了友情和爱情的双重背叛。

然后安念念只记得,自己喝着喝着就开始哭了,哭着哭着就忍不住和阙濯吐槽起这对狗男女,说完之后她单方面觉得好像和阙总拉近了距离,不知不觉就聊起了前天晚上。

那个时候她哭得头昏脑涨,酒精在她的脑神经中跟雾似的扩散开来,以至于她的话好像都开始不过脑子,大部分的内容说完就忘,现在回想起来脑袋里都是空荡荡的。

她当时喝多了,嘴上也确实没个把门儿的,但潜意识里还知道要跟阙濯说好话,于是又牛头不对马嘴地一通溜须拍马。

就怎么说呢,喝酒害人啊!

安念念刚才已经在这间套房的另外一个浴室洗过了澡,把浴袍往身上套时酒也醒了一大半,开始反省自己过往的人生。

当年怎么就看上了柯新呢?

但有的时候人确实不能想太多过去的事情,安念念这头正想着柯新这可恶的渣男,就听见包里的手机振了起来。

第一章 微醺

刚才手包被她随手丢在套房的玄关,安念念寻思着没准是工作上的事情,就站起身走过去,结果掏出电话一看是个陌生号码。

"念念,睡了吗?"

柯新的声音让她顿时后脑一麻。

"柯先生,我们的关系应该没有到可以直接叫名字的程度。"她忍住挂电话的冲动,举着电话往回走,"您有什么事吗?"

好歹柯新现在是梁鸿博的助手。

"也没什么特别重要的事,我就是……有点话想和你说。"柯新碰了壁也不气馁,语气一如大学追求她时那样温柔,"你现在有男朋友吗?"

"这好像是我的私事。"安念念浮起一抹假笑,"现在的时间也是我的私人时间,如果没有什么需要我作为阙总秘书协助的事情的话,希望您不要继续打扰我。"

"念念,这么多年没见,你还是这么不饶人。"柯新笑,"我没有想打扰你休息的意思,我只是想问问你的近况,有没有男朋友,我听说你好像一直还是单身。"

听说?不知道这柯新又私下联络了哪位大学里的好同学,也不知道现在打这通电话是出于什么心理。

就冲柯新这作为,安念念也绝不可能承认自己单身:"真的不好意思柯先生,你深夜打这样的电话给我已经让我男朋友很不满了,如果以后再在这样的时间给我打私人电话,我会告你性骚扰的。"

"念念,其实你真的不用什么时候都这么要强,我只是想关心

浪漫过敏

关心你,我们虽然分手了,但应该也不算敌对关系,对吗?"

电话那头柯新笃定的语气让安念念险些失控,恰逢阙濯此时从浴室里推门而出。

"这么多年过去,柯先生您还真是对自己一如既往的自信。"

所剩不多的酒精依旧在刺激着安念念的大脑,她冷笑一声,站起身走上前,仰起头在男人的唇角亲了一口。

"要不要我让他跟你说句话?"

阙濯闻言,几乎毫不犹豫地低头,将她还没来得及远离的双唇截住,一只手直接扣住了她的后腰。

"谁?"他压低了声音问。

"柯新。"安念念含糊不清地求他,"阙总,帮我一回。"

阙濯是个彻头彻尾的商人:"天下没有白吃的午餐。"

安念念一咬牙:"以后我都听你的。"

成交。

阙濯一把将安念念从原地抱起,顺势将她手上的手机接了过来。

那头的柯新刚才听到了一些声音心情正不好,突然听见声音戛然而止又重新燃起希望,试探性地开口:"念念?你说你有必要演到这地步吗,我知道你没有男朋友,我也不是想跟你复合,只是想和你聊聊——"

"滚。"

清晨,当安念念从酒店房间弹坐起来的时候,昨夜的记忆一

第一章 微醺

下涌入脑海，她坐在床上懊悔地扶住额头。

她真的以后再也不能喝酒了，怎么每回都这样呢！

能听见浴室里花洒的水声，不知道阙濯是先起来了还是压根儿就没睡，安念念只想赶紧洗个澡跑路。

这就是阙濯的本色吗？

还好这套房很大，光浴室就两个，安念念赶紧拎着衣服冲进另一间，一边洗一边看着时间，祈祷她出去的时候阙濯已经走了。

她这个澡洗得是要多慢有多慢，在浴室里化妆梳头穿衣服，掐着时间磨尽了最后一秒才从浴室里走出来。

套房各个角落都没有了声音，一切尘埃落定似的。她绕过正厅的时候扫了一眼，很好，周围没人。

她走到玄关拎起包，然后想起昨晚自己的手机被阙濯扔进沙发里了，一扭头就对上阙濯平静无比的目光。

他身上的西装和衬衣应该是新的，没有半点皱褶，熨帖而挺括地包裹着那副健硕的身躯。

"在找手机？"

安念念的手机就静静地躺在阙濯面前的茶几上。

"……您还没走啊？"她一时之间有点蒙，说完又觉得不妥，"快到上班时间了。"

阙濯却不急，走到餐桌旁坐下。

"不急。"

安念念都傻眼了，这"不急"二字从他嘴里说出来，不光让人感觉十万火急，而且好像还有灭顶之灾。

浪漫过敏

阙濯抬眼看到安念念还在原地傻站着,皱眉:"过来吃饭。"

吃饭?安念念瑟缩了一下,脑海中浮现出来三个字:断头饭。

这当然也不能怪安念念太过悲观。

毕竟她可是胆大包天招惹了阙濯两次,两次啊!

不过她还是厌厌地走过去选择了阙濯对角线的位置坐下,然后一边默默地拿了一片吐司开始小口咀嚼,一边等着阙濯的审判。

但直到这顿断头饭吃完,安念念的头还在脖子上好好地待着。饭间阙濯也没什么别的话,好像说完那句让安念念大感意外的"不急"后又回到了那个惜字如金、效率至上的状态中去了。

安念念到公司的第一件事就是跟阙濯申请到人事那边划掉今天迟到的打卡记录,维持住本月全勤。

"啊对了,还有一件事儿,阙总。"得到阙濯批示之后的安念念心满意足地准备找人事那边的小哥哥聊聊,然后又想起刚才在路上核对阙濯行程时发现的问题,"您还记得下周您有个三天的短差吗,同行的人员信息还没有报给我,我差不多要订酒店了。"

一般这种短差阙濯会带几个特助团的人同行,让安念念留在公司远程协助,毕竟他的身边永远不会缺人鞍前马后。

那几天安念念就会过得特别滋润,如鱼得水,准时下班不说,还能偶尔摸个小鱼,简直是安念念盼星星盼月亮的好日子。

"嗯。"阙濯闻言从文件中抬起头瞥了她一眼,"这次你和我一起去,让他们在公司远程协助。"

"……"

你变了,阙总。

第一章 微醺

  安念念心里有点难过,这种难过属于被压榨的底层员工,阙濯是不会懂的。她打起精神维持住脸上职业的笑容并表示:"好的,我现在就去安排。"

  然后转头哭丧着脸退出了阙濯的办公室。

第二章

于 私

"我的天，所以你让阙总演了你的男朋友……厉害啊姐妹！"

午休的时候安念念没点外卖，而是去了公司附近的面包店买面包，之后就坐在面包店里和祁小沫打电话分析自己到底是不是被阙濯针对了。

本来安念念只是想让祁小沫给她出谋划策，结果祁小沫关注的重点显然不对。

"……我跟你说，我以后再喝酒，我就是狗。"安念念想起来还觉得悔恨不已，"真的，平时我看他一眼我都怵，不知道怎么回事，喝了酒不光敢看，还敢亲……"

"那我觉得你应该多喝点啊，你想想那是谁，是阙濯啊，你这辈子能有几回啊是不是！"

人言否？

安念念长叹一声："姐咱能不能把重点放回正确的地方？"

"拜托，你是秘书，一般小说里秘书这种职务都是总裁到哪儿就跟到哪儿的好不好，现在让你跟着出个差你有什么不乐意的，就当公费旅游！"祁小沫理直气壮地说。

第二章 于 私

"……"安念念嘴里塞满面包满肚子不服气,"行,我知道你想说什么,别说了。"

"你知道就好。"那头祁小沫哼了一声,"要我说你就是想太多,像阙濯这种人你以为他会在意这种事吗?没准人家都有伴侣的,只是不为人所知罢了。"

好像也有道理。

安念念稍微放平了一点心态,感觉自己还能再苟延残喘一阵子,回到公司接着勤勤恳恳。

阙濯的下班时间不定,时早时晚,一般安念念都得在门口待机。偶尔遇到特别忙的时候阙濯会让她先走,自己在办公室过夜。

好在今天他没有忙到那个程度,八点多的时候熄了灯从办公室走出来。安念念一看能下班顿时喜上眉梢:"阙总您辛苦了,明天见。"

她低头把文档保存好后熟练地关机,一抬头却发现阙濯还在那一动未动,眸光淡然地睨着她。

安念念心尖一抽:"阙总?"

"顺路。"

"……"

安念念坐上车的时候活似终点是屠宰场一般,一路蜷缩在副驾上一动也不敢动,全靠偷瞄阙濯的侧脸猜测他的心情而吊着一口气。

阙濯稳稳地把车停在安念念那栋公寓楼前:"明早七点前给我个电话。"

浪漫过敏

又来？安念念发现自己是彻底摸不透阙濯的想法了，只得点头，得到阙濯的准许后如获大赦地蹿下了车。

三天后，安念念跟着阙濯踏上了去隔壁省的飞机。

阙濯这趟行程任务并不复杂，就是去新成立的分部检查一下他们上一年的工作以及布置下一年的任务。阙濯是驾轻就熟，可安念念是头一回去，想到可能要和很多陌生的同事对接工作就紧张。

她本来是个社恐患者，现在却成了阙濯的总管。

还好这个分部的负责人安念念认识——倒也不是认识，就是通过花边新闻、小道消息了解过。

她跟着阙濯出了机场，与来接机的任开阳碰了头，任开阳也是一副一丝不苟的精英打扮，只不过那桃花眼一弯就让那一身西装没了阙濯身上的那种肃穆感。

"好久不见了，阙总。"

"好久不见。"

据安念念所知，这两人应该是旧识，但具体多旧就不清楚了，只知道任开阳比阙濯小一届。

理论上两人最多相差一两岁，但因为任开阳爱笑爱说，阙濯往他身边一站简直像个沉稳的老大哥。

安念念作为老大哥的跟班自然也受到了任开阳的照顾，这人绅士风度十足，自从见了面就没让安念念自己碰过车门，让人看着不由得心服口服——

第二章 于 私

不愧是业界渣男，无缝神话。

再看看寡王阙濯，上午出了机场直接就奔分部去了，把分部的管理层都集中到了会议室。这一场会议中间休息了三回，散会的时候已经是晚上十点多。

安念念累得是头晕眼花，就连任开阳安排的夜宵局都没参加，直接回酒店睡了。

夜宵局上，公司其他管理层在一个包厢，阙濯和任开阳在另一个包厢小酌。

"阙濯，你那个秘书叫什么名字来着？"私底下任开阳非常自觉地去掉了尊称，神情也放松下来，"看着跟大学刚毕业似的，能力倒还不错，就今天你那个开会的节奏我都嫌烦，她还能跟住。"

任开阳喜欢看漂亮女孩不是出于什么下流心理，就单纯为了养眼。今天这一屋子中年管理层齐聚一堂，他关注安念念有一半原因也是迫于无奈。

结果没想到倒是发现了个小宝贝。

阙濯手上捏着酒杯，不咸不淡地睨了任开阳一眼："你别打她的主意。"

任开阳认识阙濯也不是一年两年，愣了一下就明白他的意思，一双桃花眼看着他，笑得像只狐狸："阙总，您这话是于公还是于私啊？"

"于公于私有区别？"阙濯皱眉，任开阳的工作能力他是认可的，但这满脑子儿女情长他却从来没弄懂过。

"那当然有区别了，于公，我要追她你可没理由拒绝，因为你

浪漫过敏

只是她的上司。"大狐狸眯着眼,"于私呢,你要是先看上她了,我当然也君子有成人之美啦。"

"……"

阙濯嘴角浮现一抹似有若无的笑:"那就于私吧。"

任开阳倒是有点儿没想到阙濯这么爽快就承认了,脸上笑得更厉害:"不会吧,兔子都不吃窝边草,你怎么专挑窝边的下手啊?"

阙濯放下酒杯:"因为那是兔子。"而他不是。

"……"

倒也有道理。

夜宵局结束后阙濯回到酒店,按照房卡上烫金的房号到了13层。

他刷开房门,就因眼前一眼能望到头的逼仄布局皱起眉,这显然不像是一个套房应有的格局。

身后的房门自动闭合,阙濯下意识按开灯往里走了一步,就将房间里唯一的一张床和在上面熟睡的安念念尽收眼底。

她睡得很沉,不施粉黛的小脸洁白素净,大概是嫌酒店的被子有点厚,手臂搁在外面露出袖口半个印花的粉色小猪脑袋。

阙濯这才想起两个小时之前安念念确实给他发了一条微信:

对不起阙总!我走的时候不小心把我们俩的房卡拿反了,您的卡我交给一楼前台保管了,您上楼之前记得去前台那边拿一下,真的很抱歉!

第二章 于 私

所以这一间原本应该是安念念的房间。

阙濯愣了一下，然而就在下一瞬间，床上的安念念因为感受到天花板异常的光线而睁开了眼，两个人的目光在空气中交汇的刹那，安念念惺忪的睡眼一下睁圆："阙阙阙阙总！"

这么一个高挑挺拔的男人往床边一站，天花板顶灯的光都被挡去一半。安念念一半身子被笼罩在阙濯的阴影下，吓得话都说不利索了："你，我……微信……房卡前台……"

"时间太晚了。"阙濯面不改色地把安念念的房卡放到了床头柜上，"前台没人值班。"

虽然在安念念的印象里阙濯这个级别的人住的酒店，前台都是24小时轮班制度，但他的表情实在是太过自然，再加上这件事本就是她的责任："那……那要不然这样，您睡我这儿，我……我去椅子上眯会儿……"

确认了床边的人是阙濯不是鬼之后，安念念的神经又放松了下来，她指了指这间房自带的办公桌，桌前放着一把办公椅。

"或者……呃……我找找这房间里还有没有别的被子……"

阙濯迟迟不答话。沉默带来的压迫感让安念念更为慌张："您今晚就委屈委屈？"

偏偏她订的时候不巧，酒店除了给阙濯这种人准备的总统套房之外就只剩下最小的单人间，这床安念念一个人睡着还挺宽敞，要再加个阙濯估计不是你死就是我活。

阙濯这个时候才总算慢悠悠地"嗯"了一声，然后去了浴室。安念念赶紧跳下床开始满房间找被子，但很显然——

单人房哪儿来的第二床被子？

于是等阙濯洗漱完出来的时候，只见安念念已经自觉地坐办公椅上去了，见他出来还对他笑得无比狗腿："您睡，不用管我，我睡眠质量好，在哪儿都能睡着！"

阙濯拧眉，眼风往床上一丢："躺回去。"

"哦……"

安念念躺回床上的时候都快哭了，她感觉阙濯这个人存在的意义就是为了克她，偏偏她还就怕他怕得要死。

她尽量把自己的身子往床边挪，两只手跟小鹌鹑似的捏着被子边缘，整个身子僵得像个木头块儿："您，您也睡！"

她眼睛闭得紧紧的，睫毛都在颤，在身旁的凹陷感平稳下来之后又往床沿挪了挪，半个身子都已经悬在了空中。

但很显然安念念高估了自己的平衡能力，在失重的瞬间她还没来得及叫，腰上就被一个有力的臂膀勾了回去。

阙濯看她的眼神很无语："躲什么？"

男人的体温本就比女人要高一些，此刻阙濯的手臂没有收回去，牢牢地卡在安念念的腰间，如同一个被烧热的金属环，箍着她的腰肢，一动也不动。

安念念发觉他们之间的姿势似乎暧昧得过了头。

"阙总，我是怕我占的地方太大打扰您休息了……"她感觉自己的辩解格外无力，"没有躲的意思，您千万不要误会！"

"那就躺好。"

阙濯冷声下令，安念念点头如捣蒜，平整地躺倒。阙濯起身

第二章 于 私

把床头灯关了,房间重新陷入一片黑暗。

她还是困的,躺了一会儿,发现阙濯那边没有动。

她纠结了一会儿,尝试性地轻轻唤了一声:"阙总,您睡了吗?"

没有回应。

刚才她惊醒的时候就发现他身上是带着点酒味的,想必是夜宵局上喝了点,现在可能已经借着酒劲睡着了。

这么一想,安念念的心又宽了下来,然而她睁开眼睛,却发现身边没人。昏暗的夜色里,办公桌前的座椅上多了一团模糊的身影。

清晨,两人几乎同时睁开眼。

阙濯清醒得很快,眨眼间双眼便再也找不到睡意的痕迹,倒是安念念好像有点忘了昨晚发生了什么,迷迷糊糊地看着他。

她这样的表情如果不是在私下场合,平时是很难见到的,工作中安念念那一双眼睛永远干净且清明。

就像任开阳说的那样,她作为秘书来说能力已经很强了,心思缜密办事稳妥,还能在枯燥的会议中完全跟上节奏,会议结束后也能交出一份漂亮的会议记录,将重点摘要得清清楚楚。

她很优秀,但这份优秀在阙濯面前却泯然众人,一开始人事那边把过了初试的几份简历发到他这里,他在看见安念念那一份的时候甚至都没有觉得她哪里突出。

普通的大学,普通的工作经验,只有自我介绍的措辞并不那

浪漫过敏

么套路，透露着一股有些可贵的诚恳。

秘书这个职位看起来谁都能干，其实像是贴身衣物，最是挑人。

阙濯一向不在面试上吝啬时间，只为避免选定之后发生不愉快。但那天面试确实不顺，几个最开始看好的人选都不同程度地让他不满意，最后安念念敲门进来的时候阙濯都已经有些不耐烦了。

"各位前辈好，我是安念念。"

虽然这场面试最终的拍板人是阙濯，但例行提问还是由人事来做。当时阙濯坐在最靠里不起眼的位置上，只给了安念念一个眼神便开始闭目养神，听着他们一问一答地进行。

但意外地，安念念的每一句回答都很稳。

语言简练不显浮躁，一如简历上那样诚恳。

阙濯等面试官安排所有候选人回去等消息之后，又重新拿起安念念的简历看了一遍，直接拍了板："就她吧。"

"我能不能八卦一下，你是什么时候注意到这小秘书的？"

阙濯在浴室拧开花洒，脑海中又浮现出昨晚任开阳满脸八卦的模样。

当时他没有回答，但其实心里很清楚。是大概三个月前因为安念念一次告病请假开始的。

安念念确实如她的简历所写的那样，各方面都不突出，以至于阙濯在她入职后很长一段时间都没有太注意她。

第二章 于 私

直到有一次阙濯拿起桌上的电话准备叫安念念进来,接电话的却是一个不太熟悉的声音。

当时阙濯眉头都皱起来了,等到那人进来才记起是特助团中的一人,今天临时顶一下安念念的工作。

特助和秘书不一样,专业性更强,职责也更多。阙濯的特助团里每一个人从履历上来说都比安念念优秀,但那天阙濯却度过了从接手本部以来最不自在的一天。

从咖啡的温度到回应的声音都不对,行程的确认也没有安念念在的时候处理得那么迅速。一整天下来,特助没有做错什么事,但却处处都让阙濯感觉到不对劲。

当晚他就以关心下属的名义让人事问了一下安念念的病情,还让人送了药过去。

后来,安念念原本三天的病假被缩短到了两天,阙濯十分欣慰,并告诉人事,以后安念念请假必须由他亲自批。

不过现在回想起来,还真是个不浪漫的小插曲。

第二天会议的内容主要是针对第一天会议的结果进行总结和梳理,从早上八点到中午就已经差不多结束了,剩下的半天阙濯就征用了任开阳的办公室远程看一下昨天总部发来的报表。

对于阙濯的工作狂行为,安念念是真的已经习惯了,但她作为秘书,这次跟着过来也不好跟任开阳的秘书抢活干,便美滋滋地借这么一个难得空闲的下午补了一觉。

任开阳就上午的会议结果给下面的人分配好任务之后,推开

浪漫过敏

自己办公室的门,就看见了在门口的秘书位上打盹摸鱼的某人。他放轻声音让自己的秘书给安念念披条毯子,关上门的时候嘴角已经扬起了一个无比邪恶的弧度。

"你的小秘书看起来昨晚没睡好。"

阙濯的视线依旧注视着眼前的报表,完全没有要搭理任开阳的意思。任开阳完全不气馁:"你说她昨晚那么早就回去休息了,今天还这么困……"

"嗯。"阙濯直到此刻才缓缓地抬眸,坦然地对上任开阳的桃花眼,"你这里有休息室的话让她过去休息一下。"

任开阳生平第一次体会到看别人谈恋爱的其乐无穷,他抿抿唇,尽量让自己笑得不那么放肆:"早知道就少开一间房,给公司省点钱了。"

"……"

任开阳还想接着问,阙濯就用冰似的目光提前把他嘴堵上了:"现在是工作时间,私事到此为止。"

有理有据。但任开阳八卦之心怎么可能轻易消失。

"昨天我跟你提的那个晚宴你不再考虑考虑?"

那晚宴本身倒是不太重要,就是一个普普通通的商业晚宴,也没什么重要角色。

但这群人的嗅觉是真的灵敏,阙濯昨天上午到,下午邀请的电话就打到了他这里,说是请他和阙总务必赏光。

"不考虑。"阙濯对晚宴本身也没什么兴趣,若非宴会上有想要结交的对象他一般都不去凑热闹。

第二章 于 私

"别啊,我跟你说,这种晚宴可是好机会。"任开阳为了近距离观看工作狂沦陷,赶紧开始拱火,"首先,小秘书这趟来肯定没带晚宴要穿的行头,到时候你就可以借给她置办行头为名带她去逛商场,顺带了解一下她的喜好,以后送礼物给惊喜投其所好,事半功倍。

"其次,你晚宴的时候还可以给她挡酒,让她有被保护的感觉,女人在这种自己不习惯的陌生场合才最容易对男人产生好感。

"最后,我还可以给你当僚机,帮你打听一下小秘书的过往情史,看看你到底有戏没戏。"

阙濯的目光总算从报表挪到了一旁的任开阳身上。

安念念这一觉睡得还挺好,卷着暖融融的小毯子补了两小时觉,睁开眼顿觉神清气爽。

想想明天就回去了,安念念心情更好,掏出手机就开始约祁小沫明晚出来,并明确表示只吃饭不喝酒。

这两人忙起来经常好几天互相不联系,但一旦联系上又跟天雷勾地火似的黏糊成一团。大到世界政局动荡小到买护肤品折扣券没用上,这两天发生的种种鸡毛蒜皮全都能拉出来聊一遍。

祁小沫:对了,我跟你说,我昨天听说了一个惊天地泣鬼神的消息!

…………

两人正聊到兴头上,安念念突然就被阙濯叫进了办公室。

"阙总。"

浪漫过敏

安念念诚惶诚恐地走进办公室，看了一眼在一旁笑容得体的任开阳，满脸写着一个"厌"字。

"今晚有一场晚宴，等会儿你去准备一下。"

"晚宴是吗，好的。"安念念一听阙濯要去参加晚宴，倒是有点意外，也不知道阙濯后半句话是什么意思，总之先以最快速度送上无功无过的应答，"晚上我送您过去，然后结束前您给我电话，我过去接您。"

"不是的，小秘书。"任开阳看安念念一脸呆愣的模样忍不住笑出了声，"阙总的意思是，希望你陪同他出席。"

"……"

晴天霹雳！

任开阳被安念念离开办公室之前那副"震惊我全家"的眼神逗得足足笑了半小时，倒不是安念念的表情有多好笑，只是想到阙濯的"任重道远"，他就忍不住露出会心的笑容。

阙濯面无表情地看着任开阳如花的笑脸："出去。"

然后任开阳就被阙濯从自己的办公室里赶了出去。

另一头，安念念因为这突如其来增加的工作垂头丧气地回到了工位，拿起手机时，她感觉祁小沫说的那个惊天地泣鬼神的八卦都不香了。

结果她刚解了锁屏，看见消息还是有些惊讶。

祁小沫：我听说，琴琴要结婚了，和那个富一代。

之前琴琴和柯新在一起的时候人尽皆知，狗粮撒满校园，分

第二章　于　私

手的时候却是鲜有人知，就连祁小沫这个行走的八卦仪都是通过和柯新同一届的学姐聊天才得知这两人已经分了。

分的理由倒是也简单，因为柯新毕业那年琴琴在实习，她认识了一个更好的对象，就是祁小沫口中的这个富一代。

可最关键的问题是，这富一代还有一个孩子。

之后的事情安念念也不太清楚，同系的同学都知道安念念和琴琴的事情，在她面前绝口不提"琴琴"两字，只有祁小沫知道安念念的关注点在哪里，这几年陆陆续续为她带来了琴琴与富一代的爱恨纠缠。

她又在聊天框打了几个问号，之后便来不及再与祁小沫八卦，就被阙濯直接从办公室拎到了附近的购物中心。

安念念在上一家公司时一人身兼数职，又当秘书又当助理还要当人事和前台。别说晚宴，饭局都是团建时才有，完全不知道晚宴应该穿什么衣服。

反观阙濯倒是很冷静，带着安念念简单地逛了几家，然后选了一家礼服居多的女装专柜朝她抬了抬下巴："去选。"

"……"

这辈子第一次有人给买单，安念念反而无从下手，艰难地在导购殷切的目光中选了两件看起来简约大方的长裙。

她刚关上试衣间的门，就听见外面传来熟悉的女声：

"老公，今天我想穿新裙子去晚宴好不好！"

安念念恍惚了一下，心里思忖着应该不会这么巧，结果换好衣服从更衣室出来就看见琴琴站在一个中年男人身旁，听着男人

浪漫过敏

与阙濯攀谈。

"原来阙总正好来这边办事啊,太巧了。"男人面上过于热络的笑容看起来有种讨好的味道,"我过来是因为和他认识十几年了,正好最近我家里也出了点变故,带着她来认认人。"

反观阙濯,脸上除了一点点礼貌性质的微笑基本没有什么表情:"理解。"

安念念不用走过去也知道他们应该是在聊关于今晚晚宴主人的事情。她站在更衣室前,感觉过去也不是不过去也不是,又实在不想碰上琴琴,索性背过身去假装理头发。

然而她无心参与,有人却有心借她与阙濯继续攀谈。

"所以阙总也是来陪女朋友买衣服吗?"中年男人笑了两声,"我家这位就喜欢逛街,听说今晚要参加晚宴又拉着我出来了。"

中年男人的目光环顾了空荡荡的店面一圈,锁定在了背对着他们的安念念身上。

"阙总的女朋友应该年纪也挺小的吧。"男人牵着自己的小女友,看着全身镜前身姿婀娜的背影,"小女孩嘛,都怕羞的,阙总得多带她出来见见我们这群老朋友啊。"

这就成阙濯的老朋友了。

阙濯却没说话,似默认了一样,走到安念念身边自然地牵起她的手:"怎么了?很好看。"

安念念刚才全神贯注地观察琴琴有没有发现自己,直到这时才注意到全身镜前的自己。

她随手选的是一条珍珠白无袖露背连衣裙,裙子浑然一体,

第二章 于 私

将身体线条勾勒得恰到好处。极佳的垂感与极简的设计赋予这件衣服一种浑然天成的高贵感。

"没有,就是多看了一下。"她配合地回牵住阙濯的手,嘴角弯起,"真的好看吗,会不会太素了?"

安念念一改刚才畏畏缩缩的模样,大大方方地转过身朝中年男人与他身旁的年轻女人微笑,意料之中地看见琴琴的笑容一下僵在了脸上。

她这辈子也许都不会有第二个需要阙濯这样优秀的男人给她充场面的时刻了,但在琴琴面前,虚荣也好虚伪也罢,安念念不想输。

女人纤细的手指穿过他的指缝,阙濯掌心微微一热,便自然而然地与她十指相扣。

"那待会儿去买一对华丽一点的耳环,装饰一下。"

阙濯话音未落,琴琴便夸张地喊出她名字:"念念!我就说这个背影那么好看会是谁,果然是你呀!"

"你们认识?"

中年男人显然也有些意外,只见琴琴用力地点点头,把手从男人的臂弯里抽了回来,拉起了安念念的手。

"当然啦,我们在大学的时候可是最好最好的朋友呢!对吧,念念?"

就好像笃定安念念不可能在这个时候甩开她的手,琴琴笑得无比甜美而纯粹。

安念念第一次意识到当对一个人的厌恶到达极点的时候,就

浪漫过敏

连她掌心的温度都能激起本能的鸡皮疙瘩。

她从琴琴手中抽回了手:"不过我们都好多年没见了,我都不知道你已经结婚了呢。"

连结婚都不知道的朋友显然印证不了琴琴口中"最好最好"的说法。阙濯掏出卡,递给一旁的导购,之后又看向中年男人:"抱歉,我们时间有点紧,还要去看看饰品,就先失陪了。"

安念念下到一楼的时候才回过味来,赶紧把手从总裁手里拽出来:"谢谢谢谢谢谢阙总,恩同再造啊!"

毕竟任谁看来,阙濯在各方面都优胜于琴琴身边那个富一代,现在回想一下琴琴刚才完全僵硬的脸色,安念念还忍不住暗爽。

阙濯:"……"

看到总裁脸色不好,赶紧收拾精神,鞍前马后地伺候着,甚至还主动请缨去附近给他买咖啡。当然,她请客。

排队等候的过程中她又拿起手机准备给祁小沫分享一下今天自己的奇妙经历,结果刚打开微信就看见祁小沫两分钟前给她发来一张朋友圈截屏。

截屏的主角正是刚才分别的琴琴。

琴琴世界第一可爱 qwq:据说是每个门店限量五件的新款哦!真的好好康哦!买它买它买它!

下面的配图正是刚才阙濯刷卡给她买下来的那条裙子。

可以,恶心人还是得看你琴姐。

安念念顿时一口气哽在嗓子眼,不上不下的,难受死了。

她又思忖了一会儿,回去给阙濯双手奉上咖啡的时候还附带

第二章 于 私

了一个诚恳的道歉:"抱歉阙总,这条裙子我可能不能穿了,我待会儿帮您去退掉,然后我自费购买另一条能出席晚宴的裙子,您看可以吗?"

阙濯顿了顿,眸光锐利地看着安念念:"可以,但是我需要一个理由。"

是阙濯的做事风格。安念念抿抿唇:"这条裙子今晚会有撞衫的风险。"

虽然琴琴不一定会在今晚穿,但安念念是真的被恶心到了。

阙濯沉吟片刻,拿起手机打了个电话,然后拿着安念念给他买的现磨美式站起身:"走。"

安念念也不知道阙总又有什么想法了,总之先跟在他身后到了商场的地下停车场,然后等车开到半路才想起要问:"阙总,咱们这是要去哪儿啊?"

阙濯不应声,安念念也不敢再问,等到了之后一下车面对任开阳笑成一朵花的脸,更是蒙圈。

但别说安念念云里雾里,任开阳也觉得自己今天是开了眼了。

谁能想到阙濯把任开阳追女孩的撒手锏——造型会所都给要来了,要知道这家会所的合作商基本都是高定,每一件都是独一无二,价格自然也不必多说。

一般只有追那种有一定人气和眼界的小明星,任开阳才会带她们来这里,无往不利。

里面的人任开阳都已经打好招呼了,安念念刚进门还没来得及反应就被一堆人簇拥进去,阙濯停好车进门的时候任开阳就在

浪漫过敏

门边等他:"阙总,你这样成本可就有点高了。"

这小秘书看起来眼界并不那么高,以任开阳的情场经验看来根本没必要下这样的成本。

"成本?"阙濯似乎不太喜欢任开阳这样的用语,"我不是在做生意。"

他脚步未停地跟着簇拥着安念念的那一群人上了二楼,被无比热情地迎接到了等候的休息室。

在这里,阙濯可以一边欣赏安念念被摆弄得团团转的有趣画面,一边喝咖啡休息,再顺带看看这里目前能提供的礼服款式,帮安念念简单参谋一下。

最后,安念念换好衣服从更衣室里走出来,感觉自己好像小学的时候被老师抓去节目里凑人数的倒霉孩子。

她自己也没来得及仔细看,就觉得这裙子正面看着跟刚才那条差不多,鞋跟还特别高,搞得她都不敢大步走路,只能迈着小碎步低着头走到阙濯面前:"阙总,我好了。"

这回阙濯在她身上停留的时间明显比刚才在商场里试衣的时候长得多,看得安念念都快炸毛了才缓缓地吐出两个字:"走吧。"

安念念看着这个眼神,不明就里,但同为男人的任开阳是太熟悉了。

他是觉得安念念太美,不想带出去了。

好歹和晚宴主人是老相识,琴琴和中年男友比其他宾客要早到半小时,专门用来叙旧。

第二章 于 私

琴琴对男友与老友之间的往事并没有什么兴趣，耐着性子听了十几分钟，听见外面已经开始迎宾便找了个借口出去。

琴琴当然不会傻到今晚就穿那条和安念念一模一样的裙子去挑衅阙濯，但哪怕压箱底也好，安念念拥有的裙子她也一定要拥有。

在柯新那件事之后，其实很多人都明里暗里地说看不出她那么讨厌安念念，但琴琴一直想不明白，那怎么会是讨厌呢。

明明是喜欢才对啊。

她喜欢安念念，喜欢她那张好看的脸，喜欢她那副好身材，喜欢她的衣品，也喜欢她喜欢的男人。

所以她学着和安念念化一样的妆，穿和她一样的内衣，买和她一样的衣服。

至于柯新，他要和谁在一起是他自己的选择，和她又有什么关系呢?

琴琴与接连到场的宾客们亲切地打招呼，就像整个宴会场中她才是唯一的女主人。她一边和这些陌生人友好地交谈，一边等待着安念念的到来。她突然很想待会儿找个借口带安念念去看看她的新裙子，然后穿上和她一模一样的裙子，让阙濯看看她和安念念谁穿更好看。

对，阙濯。

她甚至觉得安念念可能就是她人生中的一个坎，为什么安念念拥有的所有东西都那么招人喜欢?

和阙濯一比，她身旁的男友简直索然无味。

浪漫过敏

琴琴手中端着酒杯,听外面传来一阵熙攘的人声,她笑着与面前的人道了失陪,然后毫不犹豫地转身去迎接阙濯。

"念念,阙总,你们来——"

对上安念念疏淡眸色的琴琴猛地顿在了原地。

她身上的礼服裙乍一看和下午的那一条有点像,但仔细一看却完全不同,冷调的月光白仿若夜色中粼粼的海面,后摆的鱼尾设计与少许的亮片如同鱼鳞般点缀其上。而她身旁的男人虽然依旧是一身肃穆的黑西装,却换上了宝石蓝附着鱼尾纹路的领带夹,一看便知与安念念这套礼服有所联系。

"啊呀,阙总——"

晚宴主人从琴琴身后殷勤地迎了上去,阙濯淡淡地与其握手,简单寒暄了几句。

以前阙濯哪怕有参与晚宴的时候,也都是让安念念在附近等或者提前下班回家,她从来没有跟阙濯进来过,自然也不知道阙濯这厮竟是个话题终结者。

"真没想到今晚阙总能赏光,真让我这儿蓬荜生辉啊。"

"夸张了。"

"我这儿有个投资项目……"

"我休息时不谈工作。"

"真的特别好,稳赚不赔啊,阙总!"

"失陪了。"

安念念:"……"

这一字一句就是压根儿没想让别人说话啊。

第二章 于 私

阙总果然厉害。

眼看阙濯带着安念念就要往里走,找不出话题的人只能把目光放在安念念身上:"阙总今天难得带女伴出席,我今天一定要敬这位美丽的小姐一杯。"

安念念原本听着阙濯不留余地地回绝这群人还挺爽的,结果没想到话题这么快就落自己头上了。

她知道,自己能穿上这身衣服站在阙濯身边已经是阙总的恩赐,哪儿还敢让阙濯给她挡酒,伸手正准备接,酒杯就被阙濯挡了下来。

"她喝不了,我来吧。"

安念念看着阙濯接过酒杯喝下去的时候,满脑子只有一个念头:

不得了,阙总良心发现了。

第三章

安全感

那群等着与阙濯攀谈的人中也包括琴琴心目中上流圈的象征——她的丈夫。

这在她眼中是多么不可思议的景象啊，那群刚才和她对话时还充满了疏离与矜贵的宾客们，此刻在阙濯的面前都像是见到了君王的臣子，姿态卑微地匍匐下来。

刚做好的美甲掐入掌心肉，疼痛感在不断提醒她，阙濯才是她这辈子真正想要的男人。

任开阳在一边看阙濯连着喝了好几杯酒，再看安念念那不时投向阙濯的关切神色，对今晚之后发生的事情已经可以预见，便放心地放下酒杯放松去了。

等到安念念同阙濯离开的时候已经十一点多了。

任开阳早就撤退了，整场的人还在不断地挽留阙濯。琴琴的丈夫直到现在才察觉到妻子已经不在场中，开始到处找琴琴的身影。

说起来安念念也确实只在开场的时候见到过琴琴——这不

第三章 安全感

太像她做事的风格,本来安念念还以为今晚和琴琴会有一场恶战的。

不过这些都无所谓了,安念念穿着高跟鞋已经站得腿肚子都在抽筋,寻思自己今晚也应该算是完成了使命,便小心地扶着阙濯往外走。

阙濯似乎并不需要搀扶,他走得很稳,虽然喝了很多但看不出什么醉意。

硬要说有什么不同的话,就是安念念发现他的手不知道什么时候环住了她的腰,而且收得很紧,掌心的温度穿过轻薄的裙子烫着她的皮肤。

阙濯在没喝酒的时候不可能这么做,所以安念念判断他醉了。

回到酒店,阙濯总算松了手。安念念向前台要回了总裁房间的房卡,毕恭毕敬双手奉上的时候,心中还怀抱着对阙濯酒量的最后一丝期待:"阙总,这是您的房卡。"

阙濯淡淡地看了一眼安念念手上的东西,完全没有要接的意思,只是"嗯"了一声便直接转身往电梯口走。

安念念只得屁颠屁颠地跟在身后进了电梯:"阙总,您醉了吗,要是还好的话——"

电梯门合拢的瞬间,身子一晃,阙濯到底没站稳。

安念念睁圆眼睛的瞬间,对方带着微醺气息的呼吸已经落了下来。

他是真的喝了很多,从口腔到呼吸全部都是酒的气味。安念念原本撑在男人胸口的手臂为了保持平衡不得不扶上他的肩:"阙

浪漫过敏

总……你，你真的喝多了。"

"我很清醒。"

阙濯声音有点哑，又是一如既往的低沉。

他很清醒，清醒地知道自己想要什么。

深夜的电梯没有人在中途上来，一路蹿升到酒店的顶楼。

安念念觉得阙濯这男人让人真上头。

回到套房，阙濯洗漱后从浴室出来，看着安念念垂着脑袋跟个小媳妇似的站在那里，一副等候发落的样子，他冷声道："去洗漱。"

安念念倒是想，可她不敢。又瑟缩了一下："我不着急。"

阙濯懒得理她："那你出去。"

安念念只好垂头丧气地去了另外一个房间，再回来的时候阙濯已经换好睡袍坐在床上了。

那画面倒是挺不错，阙濯这人的气质天生就和这种矜贵精致的地方很合得来。安念念观望了一下，正在纠结自己到底要不要跟他告别，就听卧室里的阙濯开口："你过来。"

安念念一刻也不敢耽搁，颠颠儿地凑上去："阙总。"

阙濯眉头一直拧着，见她过来闭起眼揉了揉鼻梁："有点头疼，有止疼药吗？"

想也知道是今晚酒喝多了——虽然阙濯平时也有应酬，但安念念确实很少在酒桌上看见有谁敢灌他酒。绝大多数的时候阙濯去饭局酒局都是滴酒不沾，跟个冷面鬼似的往上座一坐，连带着安念念一块儿镇着，旁人看到这情况别说劝酒了，还唯恐自己哪

第三章 安全感

里招待得不周到。

所以要不然怎么说安念念不想辞职呢,待遇自然是一方面,另一方面就是跟着阙濯混确实太有安全感了。

只要是跟着阙濯出去,安念念基本只需要低头吃饭,偶尔说几句漂亮话就安稳度过。每次听祁小沫说自己前一天又陪着去应酬喝到半夜,吐得死去活来,安念念心疼朋友的同时也意识到阙濯作为一个领导有多么难能可贵。

这么一想,安念念觉得今天让阙濯给她挡酒确实挺不好意思的,抿了抿唇:"我现在外卖点一盒止疼药,应该很快就到,然后在药来之前……我给您揉揉?"

阙濯掀开眼皮睨了安念念一眼,"嗯"了一声表示许可,又重新闭上了眼。

安念念出去找到自己的手包,掏出手机,提交了外卖订单之后才轻手轻脚地回到房间,阙濯还是坐在床上背靠着床头,双眼紧闭,仿佛已经睡着。

她悄无声息地在床边坐下,伸出手用掌心覆住了男人两侧的太阳穴。

"阙总,这样的力度可以吗?"

没有回应,可能是真的睡着了,安念念悄咪咪地松了口气。

卧房的顶灯在她第二次进门的时候就关掉了,只留下床头的台灯。暖黄的灯光被磨砂灯罩滤了一遍,透出来的柔和光芒笼罩在男人坚毅硬挺的五官上,在阙濯脸上显出一种不多见的柔和。

浪漫过敏

她还没有过能够这么近距离、长时间观察阙濯的长相的机会。

安念念看着阙濯眼下一片睫毛投射出来的阴影，心头真是忍不住生出一种对这不公的苍天的哀怨。

一个男的，长这么好看，睫毛比她还长，合适吗？！

虽然从第一天入职起安念念就知道阙濯长得很好看，但她胆子小，很少敢直接与阙濯对视。

因为她来之前打听了一下，发现这个阙总的难搞是已经出了名的，对工作要求很高，眼里揉不得沙子，脾气极差不说，没事还喜欢板着一张脸散发压迫感吓唬人。

安念念一开始还安慰自己说三人成虎，后来入职一个月终于确认传闻都是真的。

但当时安念念拿到了第一个月的工资，已经尝到了高薪水高福利带来的甜头，压根儿舍不得辞职跑路，只能铆足劲儿好好工作。

这小两年以来她的目标很简单：不挨阙总的骂，不被阙总炒掉，好好混吃等死。

揉了一会儿，房门口传来门铃声，是客房服务员把外卖拿上来了。安念念过去开了门道了谢，就直接在玄关把药拆开来干吞了进去。

她吃完药，一回头就看见本应已经睡着了的阙濯正站在卧室门口看着她，赶紧把止痛药递过去："阙总，您的止痛药。"

阙濯定定地盯着她手上的另一盒药，看了一会儿才伸出手，接的却不是药，而是安念念的手腕。

第三章 安全感

男人的掌心干燥温热，将安念念纤细的手腕握住往自己的方向带了一步。

刚才他看着安念念自己悄悄吃药，脑海中忽然又想起一件以前的事情。

在安念念入职之前，他前任助理无一例外全都是男的，那些人也都默认跟着公司总裁工作，就得会喝酒，所以每次出去应酬，觥筹交错都是必修课，从来没人提出过异议。

因此阙濯一直觉得这种事情理所当然，顶多喝醉之后他的司机多送一个人回家就是了。

直到后来有一次，他带着安念念去了一个酒局。

那是一个特别喜欢收藏红酒的老板，他很热情地邀请他们去了他的酒庄，当时大家的兴致都很高，纷纷举起了酒杯。

其实很多时候，比起劝酒，更让人难以拒绝的是气氛到了。

气氛一到，谁不喝就变成了那个格格不入的人。

安念念当然不敢在这个时候败了其他人的兴致，那天晚上就那么陪着，一杯接一杯地喝。

她没说自己不能喝，又不是喝一点就上头的类型，所以阙濯看不出她的任何异样。直到后来安念念去了厕所很久没有回来，才发现她抱着洗手台已经吐得起不来了。

"安秘书？"

他当时就站在她身后，看见她在听见他声音的那一刻，就像是条件反射一般从包里掏出解酒药。

那个药阙濯也吃过，一次最多也就吃四片左右，但安念念一

浪漫过敏

口气掰了七八片下来,就囫囵地往嘴里塞,一边塞还一边口齿不清地回应他:"哎,阙总,我,我马上好……"

后来阙濯也忘了自己是怎么从她手里抢下那几片解酒药的。

他只记得当时自己嗓子眼憋着一口气,直接跟客户道了别,带着安念念离开了客户的酒庄。

回去的路上,安念念已经醉得不省人事,却好像还能感觉到他不善的脸色,小声地跟他道歉:"对不起啊阙总,其实我酒量……有点差。"

当下,阙濯更好奇的其实是安念念以前到底遇到的是什么样的老板,让她养成了这种"打落牙齿和血吞",有困难一言不发只往自己肩上扛的处事方式。

后来,阙濯在饭桌上就尽量不让安念念陪酒。

久而久之,安念念也把这件事给忘了,只记得跟着阙濯时不用陪酒赔笑的那种安全感。

"阙总?"

时间回到现在,安念念被牵着愣愣地走了几步才反应过来:"您不是头疼吗?"

"睡一觉就好了。"

这话不说还好,一说,阙濯顿时感觉安念念往后退了一步,原本微微弯曲的细白手臂被拉直,场面立刻陷入僵局。

他拧眉:"什么意思?"

"就是,那个……"

昨晚的事情还历历在目。

第三章 安全感

安念念的诉求很单纯,她只是想今晚睡个好觉,但阙濯只感觉自己迟早有一天要被这块木头气死。

安念念看着男人的面色一下沉到了底,他松了她的手腕便直接从这偌大的卧室走了出去,进了另一头的侧卧,徒留她一人站在原地发蒙。

他怎么了?

这趟公差出得也算是鸡飞狗跳,安念念回去之后第一件事就是约祁小沫出来逛街,拉着她足足吐槽了三个小时才把这次出公差遇到的事情给说完。

"我突然有一个大胆的想法!"

祁小沫听完沉默了半天,安念念一听她这开头就知道她在想什么,赶紧先把这万恶的想法掐死在摇篮里:"不,你没有。"

"行行行,你说没有就没有吧。"祁小沫笑得花枝乱颤的,"那至少今年圣诞节我能不能提前预约一下啊,我这个孤家寡人实在是不想自己过圣诞节啊。"

安念念进商场之前明明还看见了商场门口巨大的圣诞树,可她直到听祁小沫这么说了才意识到圣诞确实是快要来了。

对于单身狗来说,圣诞节确实不是一个值得期待的日子,安念念当然也不想一个人过圣诞,便赶紧应下。之后两人就圣诞节要去吃什么干什么,又热烈地讨论了一个多小时。

她们吃完晚饭准备回去,路上祁小沫开着车还不忘调侃安念念:"不过我也确实佩服你啊,那么一个大帅哥当你上司你还能把

浪漫过敏

持住,要我啊……说不定入职一个月就把他给拿下了。"

"……"

安念念清清嗓子:"你和之前的男朋友怎么样了?"

"早掰了呀,他小我好多呢。"十字路口等红灯时,祁小沫又笑着看向安念念,"哎,我认真问你啊,你天天和阙濯低头不见抬头见,就真没有动心过?"

"你要认真问的话——"安念念想了想,摇摇头:"我没想过这件事。"

她小时候也看过很多"霸道总裁爱上我"的小说,但真的到了阙濯身边工作,反倒是越来越清醒。

这世界上哪里有什么真的霸道总裁,阙濯每天的时间都被工作填满,每一个商业决策的背后都要顶住无数来自董事会、股东的压力,比起幻想,安念念更多的是对他的佩服。

想想如果把她丢到阙濯的位置上去,不要说能做出正确的决定,就这些四面八方纷至沓来的压力就足以让她溃不成军。

所以她清楚自己和阙濯之间的不同——两人看似朝夕相处、关系密切,实际上这份关系从未走出公司大楼。

年末是绝大多数公司最忙碌的时候。

今天安念念休息,阙濯去公司加了一天班之后把剩下的工作带回了家,一不留神就在电脑前坐到了凌晨一点。

工作正好告一段落,阙濯收拾好东西洗漱完,刚躺下就听手机一振。

第三章 安全感

他拿起手机看了一眼,竟然是任开阳。

任开阳:小秘书今天出去玩啦,看朋友圈好像很开心的样子,你不会一个人在家里孤苦伶仃地加班吧?

任开阳:[图片]

上次临走前任开阳不管阙濯怎么瞪他都非要加安念念的微信,结果加上之后两人聊得欢不说,还三天两头给他转播安念念的朋友圈内容。

不过也多亏了这个朋友圈转播机,阙濯一个没时间刷朋友圈的人也能第一时间知道安念念的动向。

阙濯点开手机看了一眼,正好看见安念念拍了今天买的衣服和晚餐的餐桌,最后还用商场门口的巨型圣诞树凑了个九宫格。

大概是回到家之后才好好挑选了一番照片,还加了不少滤镜和贴纸,发布时间正好是一分钟前。

阙濯:第四季度财报审完了?

任开阳一秒装死。

阙濯被他"孤苦伶仃"四个字刺了一下,找到安念念的微信,想了想不知道说什么,发了句:安秘书,明天的行程发给我看一下。

其实三天内的行程安念念早就在前一天发到了他的邮箱里。

那头安念念发完朋友圈心满意足地正准备去洗澡,一看阙濯竟然给她发微信谈工作,吓得手机都飞了。

她看了一眼时间,决定装死——现在都凌晨一点了,秘书又不是铁人,对吧。

浪漫过敏

这么想着，安念念心安理得地放下手机哼着歌儿钻进了浴室，出来之后幸福地钻进被窝准备刷十分钟微博就睡觉。

手机还停留在刚才的微信界面，安念念一眼便看见工作群里有人发了一个红包，脑袋还钝着，手已经快一步点进去了。

抢到的瞬间她看着红包上的头像，还没来得震惊，阙濯的电话就打了过来。

自知已经暴露的安念念无念无想地接起了电话："阙总，我刚才在洗澡，没及时回复您真的很抱歉。"

就，太离谱了吧。

阙濯竟然会大半夜在工作群发一个红包钓鱼——而且她还真就上钩了？！

"嗯。"

听着电话那头男人的磁性沉声，安念念只能老老实实地又从床上爬起来给阙濯干活。

"您明天上午九点有一场会，预计在十二点结束……"

阙濯一言不发地静静听着，直到她把明晚的饭局说完才又"嗯"了一声："好，知道了。"

安念念寻思这事儿应该没这么简单，便又追问了一句："阙总，有哪里需要变更吗？"

"没有。"

"……"

不是，没有您何必这么大半夜的来问一嘴呢！安念念噘着嘴觉得这活儿是越来越难干了："喔，我还以为您着急呢。"

第三章　安全感

"不着急。"

"……"

阙濯在那头好像也能想象到安念念委屈又无辜的表情，嘴角不自觉地有些上扬。

"24号那天的行程已经安排好了吗？"

任开阳早在一周前就提醒他还有半个月就要圣诞节了，还说什么错过一次再等一年，不胜其烦。

"24号……我看看……"安念念翻了翻，"那天暂时还没有排满，目前只有梁教授那边说要过来和您商谈一些事情。"

"嗯，我记得。"阙濯说，"那你呢？"

安念念愣了一下："是晚上有什么饭局需要我跟着一起吗？"

阙濯噎了一下："……算是吧。"

安念念被平安夜加班的噩耗打得一阵头晕目眩，还企图挣扎一下以挽回和祁小沫的平安夜之约："我这边约了朋友一起吃饭，您大概安排在几点？"

"……"

约了，朋友，吃饭？

"那就算了。"电话那头传来阙濯毫无情绪的体贴言辞，"毕竟是平安夜，这种特殊的日子，安秘书忙自己的私事吧。"

阙总最近几天可能情绪不太稳定。

一个不太普通的工作日，安念念坐在门口的秘书岗得出了这个结论。

浪漫过敏

虽然阙濯这几天也就是和平时一样，坐在里面工作，偶尔有什么事情就打内线电话把她喊进去。但别的不说，就那办公室里的压迫感，谁进去谁知道。

光是今天一个上午，被叫进去的部门主管哪一个出来不是如丧考妣，尤其是销售部那位话痨硬是拉着安念念打听了十几分钟，问她阙总最近是不是受什么刺激了。

可阙濯受什么刺激安念念哪儿能知道，最后也只能好言好语地把销售总监给哄走，然后继续坐在这儿思考关于男人到底会不会有更年期这件事。

但安念念今天的心情还是不错的。

上次电话中那个在平安夜的饭局一直没有被安排到行程中来，她计划今晚和祁小沫一块儿吃饭逛街看电影，最美妙的是明天还接着一个休息日。

这才下午两点多，安念念就已经有点儿不在工作状态，半个身子都跨到假期中去了。

三点整的时候梁鸿博带着助手柯新准时到访，阙濯把两人请进办公室，安念念询问过之后按照惯例在茶水间准备饮品。

"念念。"

然而总有人让她准备的过程不是那么顺利。安念念将咖啡倒进阙濯专用的杯子里，头都没有抬起来过："抱歉久等，马上就好了。"

"你不要总是对我这么客气，听起来真的好生疏。"柯新是以上厕所为借口溜出来的，绕了一圈才从这偌大的顶层找到了安念

第三章　安全感

念所在的茶水间,"我之前给你发微信你怎么不回?"

安念念回想起柯新那些肉麻兮兮的信息还觉得浑身起鸡皮疙瘩,这些短信也没什么内容,长篇大论一大堆最后总结几句话:在吗?在干什么?出来一起吃个饭?

"我有我自己的工作。"安念念顿了顿,"柯先生应该知道避嫌两个字怎么写吧?"

现在阙濯这边在积极地向梁鸿博发出合作请求,就是看中了梁鸿博手上的新能源技术,技术这东西贵就贵在独家,一旦泄露后果不堪设想。

更何况安念念除了出于大局的考量,并不想搭理柯新。

"看不出念念你现在已经这么成熟了,不过你也应该相信我,我不会让你惹上麻烦的。"柯新闻言笑容温和下来,"今晚有约吗?"

"当然。"安念念把三杯饮品端上托盘,"麻烦您让一让。"

柯新侧过身子,在安念念出了门后还一路跟着:"念念,你相信我,我只是想和你叙叙旧,我没别的意思。"

叙叙当年你和琴琴撒狗粮的日子吗?安念念白眼都要翻到天上去了,端着托盘进了阙濯办公室。

梁鸿博和阙濯好像聊得还挺投机,在办公室一坐就是一下午,柯新进去之后也没再出来。

眼看距离下班只剩半小时,办公室的门总算开了,阙濯亲自把梁鸿博送了出来,看得出两个人谈得很顺利,安念念时隔多日总算在他脸上看出了那么点笑意。

浪漫过敏

阙濯高兴安念念也就高兴了,她跟着阙濯屁股后面一路送梁鸿博进了电梯,梁鸿博还和阙濯有说有笑。柯新却突然凑到安念念面前压低声音:"我待会儿在楼下等你,餐厅我已经订好了。"

"……"

他虽然声音不大但足以让在场几个人都听见,安念念下意识地看了一眼阙濯,见他面色如常与梁鸿博道别,看着电梯门缓缓闭合。

安念念想着上次喝了个半醉还让阙濯给她装男朋友的事儿,觉得自己应该简单解释一句,可阙濯却一句话也没说,直接转身回了办公室。

确实,于情于理她都没有解释的必要,她和阙濯充其量只是雇佣关系,结束工作之后她和谁去吃饭都是她的自由。

但安念念看着阙濯的背影,总有一种微妙的"我好像要完蛋"的感觉。

不过虽然阙总又不开心了,可下班时间到了,安念念哪儿还管得了那么多,没心没肺地收拾好东西下了楼,一看柯新还真开着辆车等在公司门口。

"念念!"

在阙濯都要加班的年底安念念还能准时下班,这真是鬼都能感受到的厚待。这个时间整个公司门口几乎没什么人,柯新一眼便望见往外走的安念念,立刻降下车窗朝她招手。

"这里这里,念念!"

安念念忍耐着走过去,打量了一眼柯新那辆车的车身。

第三章 安全感

"不错嘛,买车了?"

柯新也没弄清楚她什么意思,还有点得意:"是啊,上周刚提的,还没载过别人呢,上来试试?"

"那挺好的,不过我就不上去了。"安念念直接抬脚对准他崭新的车门来了一下,"因为,我!有!约!了!"

还有什么比一辆新车刚上路就给人踹了一脚更让人糟心的呢?安念念扭头直接拦了一辆出租车,刚拉开车门就听见身后柯新撕心裂肺的叫声:"安念念!你这个人是怎么回事啊!"

安念念才不管柯新的咆哮,神清气爽地上了车,幸福地奔向祁小沫的怀抱。

两人一见面又开心得忘了时间,一会儿骂骂柯新一会儿夸夸新出的衣服化妆品,时间就这么在圣诞节氛围浓郁的歌曲和甜甜的爆米花、巧克力牛奶中过去了。

而另一头的阙濯显然没这么舒服。

他今天连家都没回,直接在公司坐到了十一点多,可关键是屏幕上的报表也没看进去多少。

换句话说,他在做自己最讨厌的事情,虚度光阴。

直到任开阳的电话打进来。

"阙总,我可是牺牲了我平安夜的宝贵时间把报表审完了,现在已经发到你那边去了,你看一下邮箱。"

"好。"

任开阳一听阙濯这边静悄悄的,好像明白了什么:"阙总,您这 12 月 24 日的大好时光不会还在公司里蹲着吧?"

浪漫过敏

"不然我去哪儿？"阙濯点开邮箱把报表打开看了一眼，语气平淡，"回家点一只火鸡外卖看电视庆祝圣诞节吗？"

"你不会没约安念念出去吧——"

"她有约了。"

任开阳一愣："有约？男朋友还是朋友？同性还是异性？"

"不知道。"

阙濯的脑海中浮现出那位柯姓助手的脸，语气愈发冷硬。

"可能是前男友。"

"前男友？"任开阳重复了一遍这三个字，咂了咂嘴，"那有点危险啊，圣诞节是最容易和前男友旧情复燃的节日。"

"……"

以前阙濯确实没发现任开阳说话这么不中听："还有事吗？"

"哎哎哎你别急着挂啊，我女朋友今天没空理我，我一个人空虚寂寞冷，陪我聊聊天嘛。"任开阳这话赶话地竟然还撒起娇来了，"而且这马上就圣诞节了，你一个人不孤单吗？"

阙濯是真的被任开阳的撒娇给恶心到了，两道眉拧得死紧，赶紧把电话挂了。

挂了电话之后他又在办公室思忖了一会儿刚才任开阳的话，直接关了电脑，攥着车钥匙直奔停车场。

那头安念念刚回到家洗完澡，打开平板找了个剧准备享受一下假期开始前的熬夜时光，结果刚上床还没躺平就听见门铃响起。

这都快十二点了，安念念脑海中顿时浮现出某些刑侦剧和恐怖片的桥段，抖着两条腿凑到门边问了一句："谁啊？"

片刻的沉默过后门外传来了熟悉的磁性嗓音："是我。"

总裁深夜到访？

这就是资本永不眠吗？

第四章

吃　醋

安念念整个人都傻了,她实在无法想象到阙总大半夜跑到她家来是什么意思,不过安全起见她还是赶紧打开了门。

"您……您怎么过来了?都这个时间了……"

屋子里暖气开得很足,安念念只穿着一件单薄的棉质睡裙,上面印着一只巨大的唐老鸭。她的头发全部都盘到了后脑,不施粉黛的小脸看着干净又舒服,表情蒙蒙的,一只手握着门内的把手歪着头,神情和睡衣上的鸭子出奇一致。

"顺路过来看看。"

阙濯都不知道自己在说些什么胡话,一只手扶着门框推开安念念家的门,目光在玄关口扫了一遍。

没有男人的鞋。

眼看着阙濯一条腿都跨入玄关了,安念念也只得顺着他的意思让他进来:"那个……阙总……您看这时间也有点晚了……"

阙濯也不知道自己是不是松了一口气,他扭头想问安念念今晚约的朋友是不是柯新,但想起安念念之前那些木头发言又打消了念头,索性直接无视她的话,向屋里走去,顺带旁敲侧击:"今

第四章 吃　醋

晚吃了什么？"

不是，您怎么跟个男主人似的，当回自己家呢？

安念念憋了一会儿才想出一个委婉又折中的问法："阙总，您是不是刚下饭局啊？"

潜台词是没喝醉酒干不出这种事儿。

"今天去哪里吃饭了？"

阙濯也不想上来就跟泡了老陈醋似的，但奈何也不知是不是今天确实有些特殊，到处都是圣诞的气息，街头随处可见拥抱热吻的情侣，每一对乍一看都像是安念念和柯新，仔细一看又是陌生人，他憋着火开了一路车。

"呃，必，必胜客……"祁小沫买了必胜客的圣诞节二人餐，比直接点要优惠五十块钱，两人美滋滋地吃了一顿，然后拿省的钱看了电影。

安念念生怕阙濯误会，说完还不忘又补了一句："您放心……我不会和柯新来往过密的……"

阙濯差点儿以为这木头开窍了，就听安念念再开金口："要不然万一他们自己技术泄露，还怪到我们头上可就麻烦了！"

"……"

倒还挺为大局考虑的。

阙濯又好气又好笑："吃完饭还去干了什么？"

"看了电影……"安念念就像是生怕阙濯不相信她似的："就是那个，那个刚上映的青春电影。"

阙濯一向不关注电影院排片，也不知道那是什么电影，但他

浪漫过敏

知道青春片十有八九都是爱情。

安念念一对上阙濯的眼神，就知道十有八九他不信，急得就差指天誓日："我真的不是和柯新一起去看的……"

"那是和谁？"阙濯问。

安念念想说祁小沫来着，但想了想又憋住了："是您不认识的人……"

避而不谈？

"是谁？"阙濯再一次发问，语气一转，压迫感顿时便扑面而来。

"是祁小沫，祁小沫！就是上次把您喊来那回……和我一起喝酒的那个！"

一起喝酒的？阙濯其实没什么印象了，那次本来也是临睡前接到了安念念的电话，临时换了衣服过去接人的。

他还记得当时包厢里男男女女坐了不少，也看不清谁是谁，只知道其中最闹腾的就是安念念。

那个时候他尚未流露出对安念念的念想，这个木头自然毫无察觉。他推门进去的时候她正蜷缩在沙发上，抱着手机哭得一把鼻涕一把眼泪，见他进来就好像见到了父母来接自己放学的幼儿园小孩："阙总，呜呜呜你总算来了！"

然后安念念万分艰难地从沙发上爬起来往他怀里扑，也不顾旁边那些人吹口哨起哄，把眼泪和鼻涕全都擦在他的西装外套上了。

"他们好，嗝……好坏，不让我打电话给你！"

第四章 吃　醋

当时安念念喝多了酒,脸上倒是看不出来发红,但一双眼睛却像是藏了一条小小的溪流,亮晶晶的,看着他的眼神无比专注。

在两个人的日常相处中,阙濯从来没有见过安念念的这一面。

她永远都是低眉顺眼,做事认真细致,对话的时候会认真看着他的眼睛,一旦对话结束立刻就低下了头去,几乎没有这样长时间注视着他。

他不酗酒,也不讨厌酒,却在那一刻第一次有些喜欢酒。

"现在你来,来了,我就要当着他们的面打电话!我还要发!短!信!"

"……"

阙濯没心情和喝醉的人去讲逻辑,他直接把人往怀里一抱,出门前还顺手结了账。

回忆到这里,阙濯想起当时是有一个女人请他帮忙把安念念送回家,还特地留了自己的手机号,说有什么事就打这个电话。但他的记忆中好像除了安念念那张泪眼婆娑的脸,什么也没剩下。

其余的人都是一片暗影,只有安念念是站在高光下的。

之后的事情就是他回忆中的那样,他虽然对安念念确实有一些工作之外的想法,不过并没有乘人之危的意思,只是按照印象中的地址开到了安念念租住的公寓楼下。

从包厢到车上这一路都很不容易。安念念平时看起来做事稳重细致,喝醉之后却充满了孩子气,窝在阙濯的怀里也不安生,一个劲儿地哭着说那群人不让她打电话,泪水全都抹在他的皮肤和衣领上。

浪漫过敏

还好她大概是闹累了，一上车就安静下来，半合着眼，脑袋一点一点地开始打瞌睡。

阙濯把车停在路边，发现自己不知道安念念具体住在几楼几户，只能伸手拍了拍安念念的肩膀："醒醒。"

安念念都在副驾上睡迷糊了，感觉上下眼皮跟被胶水粘住了似的，怎么使劲都睁不开。

"你家住在几楼？"

"嗯……阙，阙总……散会了吗？"

阙濯看了一眼时间，直接导航了附近的酒店。

还好公司经常需要招待合作伙伴，和附近的五星级酒店有合作，有几个房间常年都是空出来留给阙濯这边安排。要不然就他这样抱着一个烂醉的女人去开房，恐怕会有人直接报警。

安念念是在被阙濯抱进电梯的时候才稍微有那么点儿要醒的趋势，她睁眼后发现自己是悬空状态，两条小胳膊顿时死死地抱住了他的脖子。

"我……飞起来了？"

"别乱动。"

面对安念念这样完全不设防的状态，阙濯眉头皱得越来越紧，电梯门一开便抱着她大步流星地迈了出去。

"不行，我还要给……给阙总打电话呢！"

话题绕了一圈最后又回到了起点。阙濯一只手抱着她开了房间门，然后直接把这个跟个八爪鱼似的人扔在了床上。

"呜……我的手机呢，我的手机怎么不见了……"

第四章 吃　醋

安念念喝得烂醉还惦记着打电话,被阙濯扔床上之后也不知道把他认成了谁,嘴里嘟囔着阙濯不认识的人名死死地抓着他不松手。

"安念念,"阙濯没了耐心,俯下身去警告她,"躺好,再乱动我不保证会发生什么。"

安念念虽是醉着,一时之间竟然也被阙濯的气场给镇住了,她慢吞吞地眨了眨眼,余光却老不自觉地往阙濯微抿的双唇上瞄。

然后趁阙濯见她没了动静准备要走的一瞬间,安念念成功地登上了自己的人生巅峰,两条手臂抱住阙濯的脖子就吻了上去。

再之后的事情,就很明了了。

最后安念念蜷缩在被子里带着残存的醉意沉沉地睡了过去,留下阙濯一个人把被她眼泪和口红印染得不成样子的衬衣扔了,再收拾了一下现场,思忖着明天和安念念谈一谈关于两人关系的问题。

回忆到这里,后面再衔接的就是阙濯一个人在空无一人的酒店房间醒来,安念念逃得无影无踪的画面了。

现在想想,阙濯这人是真的长在了她的审美点上。安念念有些绝望地想,她不明白自己怎么在阙濯面前就这么把持不住呢。

阙濯其实也有同样的想法。

来的路上他并不确定安念念已经到家了,当时想法也很单纯,只是想见她一面,没有想过要做什么别的。

但真正见到面了又开始想要待在她身边。

安念念又将复杂的目光看向非常自然地整理好衣服去打电话

的阙濯。

这个男人，真是令人疲惫。

阙濯完全不知道自己在安念念心里已经被归类到了"令人疲惫"那一类，打完电话直接把安念念抱进了浴室。

"阙总，您要是有事儿就先回去吧……"安念念也不知道他刚才那通电话是给谁打的，总之非常努力地想要扮演一个懂事又不黏人的角色，"时间也不早了。"

这平安夜熬夜计划还没开始就已经宣布失败，安念念寻思着等阙濯走了之后至少得再刷半小时微博以示对明天假期的尊重。

阙濯好似看出她那点小心思："明天你休息？"

"对……不过，"安念念怕阙濯让她加班，赶紧乖巧如小鸟，"虽然我的身在休息，但是我的心永远记挂着您和公司！"

要没有最后那三个字，虽然虚伪，倒也算得上一句动听的话。

不过安念念实际上是不怎么慌的，她是真不信阙濯能在她家留宿。

结果洗完澡一出去，安念念刚把床单换下来就再一次震惊。

阙濯的个人物品被人打包好送了过来，而且应该都是临时去采购的同牌同款，就连居家服都是全新未拆封的。

安念念整个人都给看傻了："阙总……您……"

不会今天还真要住下来吧？

这可是平安夜啊，圣诞节啊！

安念念吹完头发之后套了件羊羔绒的居家服坐在窗前看着窗外飘起了细雪，内心寒风呼啸，甚至感觉室外都比室内多出一丝

第四章 吃　醋

温暖。

阙濯换好睡衣就看见安念念坐在窗前发呆，又看了一眼时间，已经两点多了。

他走到安念念身后顺着她的目光望出去，看着窗外逐渐纷扬的簌簌雪花，意识到圣诞节已经到了。

"圣诞快乐。"和安念念待在一起的时间总是不知不觉就过去了，阙濯也不知道这算不算一件好事，"有什么想要的东西吗？"

安念念闻言扭过头来，好似不可思议地看了他一阵，小心翼翼地说："我可以要碗麻辣烫吗？"

"……"

安念念看阙濯那眼神应该是被她土到了，但是她的肚子是真的有点饿，而且讲道理，在这么一个冰天雪地的夜晚，谁会不想来一碗热乎乎的麻辣烫呢。

安念念很坚定。

最后阙濯还是屈服了，打了个电话请人给她送来了一碗麻辣烫，可能是让酒店煮的，那个容器都和安念念平时点的15块钱的外卖不一样，被装在一个系着红缎带的保温箱中，由穿着整齐制服的人恭恭敬敬地送到了家门口。

安念念对此很不齿。麻辣烫就应该是那种街边小吃，汤汁融入了各种食材的滋味，再加上人家独门的秘制辣椒油才有那个味儿，这么精致的保温箱和麻辣烫压根儿就八字不合！

然后她尝了一口，真香。

自打第一口麻辣烫进嘴，她的筷子就没停过，一个劲儿往碗

浪漫过敏

里伸，一口气吃了小半碗之后才想起阙濯还在旁边，又假惺惺地把碗送过去："您要不要也来一口？"

"你吃。"

阙濯不知是看出她的言不由衷还是觉得看她闷头吃东西还挺有意思，掏出烟盒在指间衔了一根烟，却迟迟不抽。

"您抽吧，没事，我对烟味不敏感。"安念念嘴里还含着一颗鱼丸，被筋道的鱼糜迷得简直五迷三道，对阙濯只恨不能再殷勤些，"我能不能打听打听这碗麻辣烫多少钱啊？"

阙濯看她那副被一碗麻辣烫就给收买了的殷勤样真是好气又好笑，索性站起身开了阳台门出去抽烟了。

这小阳台就连接着安念念的卧室，安念念一边咀嚼鱼丸一边目送他出去，然后带上了阳台门。

外面的寒气被隔绝，安念念透过卧室的小窗子看着窗外阙濯一只手护着火苗熟练地点上烟，火星一明，双唇间便溢出一片缭绕的烟气。

他大概是在观察阳台暗处堆放的东西，目光定定地看着某处，口中的烟气消化完了便抿着唇停顿一会儿，再抬手吸下一口。

安念念本来没想偷摸盯着阙濯看的，可只是无意间地一抬眼，那双眼睛就跟被外面的冰给粘住了似的，一动也动不了了。

她当然一直知道阙濯长得好看，但再帅的人看一年多也有点习惯。她偶尔会忘记自己有个帅哥上司的事情，直到刚才阙濯一个剪影似的侧脸再一次刷新了她的认知。

阙濯可真帅。

第四章 吃　醋

安念念也吃得差不多饱了，她恋恋不舍地把剩下的一半用保鲜膜包起来放进了冰箱准备明天接着吃，就看见帅哥从阳台回来了。

"吃饱了？"

安念念赶紧凑上去狗腿："吃饱了吃饱了，这个也太好吃了，谢谢阙总招待！"

安念念本来下一句话想接"那我现在去帮您把客房收拾出来让您好好休息"，结果就看阙濯慢条斯理地把外套脱了挂回衣架。

"那我们休息吧。"

"啊？"

这也忒离谱了。安念念都快哭了："不是……阙总，您不走吗？您明天不是还得上班吗？"

"明天上午的会改线上了，在哪里都可以开。还有什么问题吗？"

"……"

洗完澡，安念念本想着赶紧趁四点前给阙濯把房间收拾出来，结果一出来就看见外面已经被简单收拾过。

"你困了就先睡。"

阙濯一边解衣扣一边与出来的安念念擦身而过进了浴室，安念念愣了一下感觉好像也没哪里不对，躺上床才想起还没给阙濯收拾房间。

但她在陷入被窝的瞬间才意识到自己到底有多困，以至于脑海中几乎立刻便弹出了一个想法——休息五分钟再去也行吧。

五分钟，就五分钟。

浪漫过敏

但就像是每一个睡眠不足的早晨，安念念怀抱着这样的想法闭上了眼，就再也没醒来。

圣诞节的上午，安念念就这么安然地在床上度过，睁眼的时候下意识摸出手机一看，已经下午一点了。

单休的坏处在这个时候简直展现得淋漓尽致——眼睛一闭一睁，半个假期就过去了。

她拉着被子蒙住头，发出一声似惋惜又似痛苦的呻吟，然后又在床上扭动了一会儿才勉勉强强坐起身来。

然而刚坐起来她就感觉到不太对劲。

身体的疼痛唤醒了某些不必要的记忆，安念念才迟迟地回想起昨晚的事情，又释然了。加班嘛，有什么办法。

想起昨晚，比起阙濯的努力工作，安念念倒是更惦记着那碗剩了一半的麻辣烫。她披了一件珊瑚绒的居家服就步履维艰地出了卧室。

"我……好疼，呜呜呜阙濯这个狗……"

毕竟都下午一点多了，安念念寻思着阙濯再怎么样也该去公司了，她一边往外走一边忍着肩上的酸疼，脑袋里其实没想辱骂阙濯，但嘴是真的控制不住。

结果她刚出卧室门就看见在客厅正端着笔记本开视频会议的某人。

"好，先休息十分钟，十分钟后再继续。"

很显然安念念的抱怨完全没有逃过阙濯的耳朵。他暂时关闭了软件的收音，淡淡地看向已经完全定格在了原地的安念念。

第四章 吃　醋

"谁是狗？"

"我是狗！"

安念念不假思索，然后赶紧往厨房钻。阙濯看着她飞一般的行进步伐，眸光中浮现出温和颜色，然后才站起身跟着她进了厨房。

他本来还好奇安念念起床第一件事怎么不是洗漱，结果站在厨房门口往里看了一眼，就见安念念把昨晚麻辣烫的碗端出来，撕了保鲜膜之后放进微波炉里。

"……"

安念念一抬头就看见阙濯竟然跟上来了，简直胆儿颤。她看了一眼正在微波炉中缓缓旋转的麻辣烫，努力让自己的语气听起来没有不想给阙濯吃的意思："阙总，您吃午饭了吗？"

"没有。"阙濯看她余光不由自主地往微波炉里瞟，还能不知道这厮心里在想什么，"准备点餐，你有什么想吃的吗？"

"我先帮您点吧，还是老规矩吗？"

阙濯"嗯"了一声："方便的话再帮我泡杯咖啡，谢谢。"

"好的阙总。"安念念这话一出口才意识到这好像和上班没什么区别。

得，真就是圣诞节在家办公。

麻辣烫还在微波炉里转着，安念念先把阙濯的咖啡给泡好了。

她翻箱倒柜地找出自己最简朴的杯子，赶紧冲好咖啡给阙濯端了过去。

浪漫过敏

安念念把咖啡杯连着杯垫一块儿静悄悄地放在了阙濯的手边，在等微波炉加热的时候顺带着听了听会议内容。

倒确实不是什么重要会议，是阙濯在安排今年公司年会的事情。安念念想起年会在即就想起元旦在即，想起元旦在即又想起今天是圣诞……

看了看端起咖啡抿了一口依旧沉浸在工作状态中的阙濯，安念念十分沮丧。

但沮丧归沮丧，她还得立刻振作起来去帮阙濯点餐。阙濯的餐点一直都是由相熟的酒店提供，每天酒店都会把当天能提供的菜单发到安念念这边，然后安念念再交给阙濯去选择，选好之后在午餐前送到公司来。

理论上流程是这样，实际上阙濯经常忙得脚不沾地，就连开会间隙都在看邮件，所以帮他选菜这件事就自然而然地落到了安念念头上。

安念念这总管当得也确实是尽职尽责，一开始大部分还靠盲选，观察了一阵之后对他喜好的掌握就越来越准。

今天餐厅的菜单也准时发了过来，安念念选好菜品之后不忘交代酒店那边送到新地址来，这才回到厨房安心地打开了微波炉的门。

正吃得香，安念念的微信又闹腾起来了，她点开看了一眼，发现是特助那边建的群。

特助A：听说又要开年会了。

特助B：人事那边说每个部门都至少要出一个节目。

第四章 吃 醋

特助 C：我们算一个部门吗？

特助 A：我们算一个部门吗？

特助 B：我们算一个部门吗？

特助 D：我们算一个部门吗？

好端端的人，说开始复读就开始复读。安念念想了想刚准备无视，就被人在群里爱特了。

特助 A：安秘书帮我们问问阙总好吗？ @总秘－安念念

安念念其实不用问也知道正确答案——算，而且特助这边因为人少，在报节目的时候还得把安念念也算上，大家一起排个集体节目凑数。

不要问安念念为什么知道，都是经验。

但今年公司扩张了很多，特助团也注入了很多新鲜血液，比如在群里发言的这几个 ABCD 就是在今年年初入职的，虽然在工作上都颇有经验，但对于公司年会的规矩还是小萌新。

而那些老人不搭腔安念念也知道是为什么，毕竟谁不会对在表演节目这件事上逃过一劫抱有希望呢……

安念念想了想，回了一个滴水不漏的答案：我今天休假，明天一定。

然后她就锁了屏接着吃自己的麻辣烫了。

可谁能想到这事儿的后续会来得那么快呢。就在安念念思考剩下的汤要不要留着晚上煮碗面的时候，就看见阙濯一脸似笑非笑地走了进来。

"听人事说特助团那边已经带上你的名字报了一个舞蹈。"

浪漫过敏

安念念根本不知道发生了什么事，怎么一切就在自己放下手机到干完这碗麻辣烫的工夫尘埃落定了。

她赶紧打开微信往上翻了翻这群人的聊天记录，简直要被他们的想法冲昏了头。她简单地想象了一下特助团这群中年男子在台上妖娆地扭动，顿时觉得辣眼睛。

"他们说你跳 C 位。"

阙濯沉声补了一刀，安念念只觉得一阵头晕目眩。

第五章

拥 抱

"哈哈哈——"

某一个工作日，打电话给安念念准备约她出来吃饭的祁小沫得知她现在每天下班要留两个小时排练，在电话那头对她发出了雷鸣般的嘲笑。

"你跳舞？你跳舞？你走路都会平地摔，你跟我说你要跳舞？"祁小沫是真的笑疯了，说话都带喘，"你们公司开放参观吗？我今天哪儿也不想去了就想去看看你跳舞。"

"……"

安念念拳头都硬了："祁小沫你做个人吧！"

公司距离学区不远，附近有很多舞蹈教室和音乐教室，特助团直接在公司对面的那一家找了个老师，顺带连排练场地的问题也解决了。

安念念这边下班后加班练舞，阙濯也为了年末的股东大会开始没日没夜地加班。

现在倒是有最完美的理由不用继续在阙濯身边鞍前马后了，但说实在的，跳舞可比给阙濯当总管难太多了。

第五章 拥 抱

她那个腰腿就根本没听过她的话，每天都在舞蹈教室引发爆笑，受到特助ABCD的一致好评。结果虽然练舞进度缓慢，倒是迅速拉近了她与特助团之间的距离。

去年年会她和特助团那群老家伙演了个小品，她只有一句台词，最后还在抽奖环节中了一部手机，因此开心了半个月。

想着那部手机，安念念总觉得这是老家伙们的报复，报复她去年摸鱼却抽到了大奖。

安念念很委屈。

虽然排练也算加班工时，走的时候还有车补和饭补，参与年会演出的员工还有双倍抽奖券去参加年会抽奖，但安念念还是希望这场噩梦赶紧过去。

为什么呢，因为她在排练的时候阙濯偶尔会过来，来也没什么事儿，有时候是问她某个文件放在哪了，有时候是问在场其他特助一点事。总之就是一个电话能解决的事非要跑来一趟，而且问完了也不走，还要坐一会儿看看他们"妖娆"的舞蹈。

安念念觉得阙总是真的变了，不是以前那个效率至上，耽误一分钟眉头都要皱得跟阎罗王一样的阙总了。

但不得不说压力有时候也确实是动力，就因为阙濯偶尔会来看，安念念想着也不能给阙总丢人，便练得格外努力，ABCD见状都不好意思插科打诨了。

但他们毕竟是一堆老胳膊老腿。

"念念啊，咱们就是公司年会，又不是选秀，也不用这么认真吧……"

浪漫过敏

"就是啊念念,这玩意又不排名次——"

道理她都懂,但是劲儿一上来,她总觉得镜子里的自己怎么看怎么难看,越看越别扭。

毕竟哪个女孩子都希望自己上台的时候是美美的,哪怕就是一个公司年会。

"你们要不想练了就先回去吧。"安念念擦了把头上的汗,"我再练一会儿。"

一堆老骨头赶紧成群结队地溜了。

他们一边赞扬安念念努力上进,一边走得比谁都快,然后在舞蹈班前台碰到了正准备进门的阙濯。

"阙总,都这时间了,您辛苦了。"

安念念是个榆木脑袋,但特助团的这些中年男人又不傻,阙濯三天两头变着法子找借口往这边跑,他们还能不知道是什么意思?

他们往外走的时候还怕阙濯再拿他们当挡箭牌又把他们给抓回舞蹈房,赶紧把楼上的安念念给卖了:"念念还在上面练呢,阙总,您赶紧去吧。"

"祝阙总一帆风顺!我们永远支持您!"

"……"

阙濯看着这群特助跟小学生放学似的作鸟兽散了,上楼的时候思忖着,估计是安念念把他们给带歪了。

舞蹈房里的安念念正好练到关键处,一个喷嚏差点闪着腰,也顺利地错过了下一个节拍。

第五章 拥 抱

她索性过去把音乐暂停下来准备休息五分钟。她弯腰前见四下无人，也懒得去拿毛巾，就直接顺势掀起运动衫擦了一把汗，结果擦完抬头就从镜子里看见阙濯站在门口。

安念念："……"

出现了，令人疲惫的男人。

她赶紧放下衣服遮住小肚子回过头去："阙总，这么晚您怎么来了？"

现在已经快十一点了，距离今天加班结束的时间已经过去了快三个小时。安念念抬手擦了一把脸上的汗迎了上去。

"是我又有哪里没有向您交代清楚吗？"

安念念为了方便活动选择了贴身的运动服，纯棉质地格外吸汗，领口与前腰后背都完全被汗液打湿，紧紧地贴着她的皮肤。

此刻她的气还没有喘匀，胸口伴随着呼吸激烈地起伏着，脑袋却微仰着，无比认真地注视着他。

她皮肤上全是汗，用湿漉漉的袖子抹也抹不干净，汗珠好似在皮肤上铺开了一层莹亮的光，如同浅浅溪流下闪闪发亮的砂砾。

阙濯的视线从她身上挪开："跳得不错。"

安念念："……"

自那天在舞蹈房被阙濯目睹她练舞，安念念暗暗地在心里发誓，这种事情绝对不能再有第二次！

她做贼心虚了好一阵，草木皆兵到之后几天再去舞蹈教室练舞都戴上了口罩，特助同事们要走的时候她绝不多逗留，甚至自

浪漫过敏

己先走,让他们殿后。

因此特助同事们第一反应就是:完了,阙总求爱失败了。

然而阙濯那边的反应又似乎不像失败,这几天他难得见谁都嘴角微微上扬,与以前生疏的客套不同,散发着一种往常不可能在他身上出现的随和亲切。甚至营销部主管因为报表中出现了失误被叫到总裁办公室,本以为要面对一场腥风血雨,阙总却平平淡淡地把错误指出来之后让他回去重做。

是,虽然主管肯定还是要通宵达旦地弥补错误,但要放在平时,阙总光是气场就能吓死他了。

综上所述,他们重新得出结论:阙总疯了。

好在阙濯没疯几天年会就要开了。

按照上一年惯例,公司年会要邀请所有分部高管、合作伙伴,甚至不少知名艺人,当然,也欢迎员工拖家带口参加。

安念念嘴上嫌烦其实心里还挺期待的,毕竟去年年会的奖品就很丰富,而且和其他公司年会不一样,不光是特等奖大,覆盖到每个员工头上的保底礼物也很大方。

更关键的问题是——参与演出的员工都可以获得双倍抽奖券,也就是说,安念念可以喜提双份保底。

但一早就开开心心出了门的安念念遗忘了一个问题。

"念念,听说你今天要跳舞,是真的吗?"

安念念在后台碰到柯新的时候竟然有种"失算了"的感觉,毕竟这么一个好日子谁会想起公司的合作伙伴中还有这么一号人物呢。

第五章 拥 抱

梁鸿博现在在公司可是被奉为上宾，阙濯和一众股东对明年的新能源企划都很看重，而梁鸿博手中掌握着目前在国内独家的技术，就连柯新也大有一种宫斗剧中子凭母贵的感觉。

好在安念念平时的工作内容和新项目也没什么关系，偶尔碰一次面她也绝对不会把对柯新个人的情绪带到工作中去。

"是的柯先生，今天我跟着特助团一起跳舞。"安念念脸上扬起无比客套又生疏的笑容，"不过这边是给表演人员准备的后台，您是要去观众席但是找不到路了吗？我可以请人带您过去。"

她身后就坐着几个化妆化得跟妖魔鬼怪似的特助同事，几个人身上穿着一模一样的黑色短皮裙。安念念一开始还以为是特助团在存心搞她，结果实在是没想到这群人疯起来连自己都不放过。

"以前大学的时候就是我方向感特别好，而你有点路痴，你忘了吗？"柯新扬起唇角，满脸怀念的神色，"念念，我是特地过来找你的。"

特助们的八卦心本就已经被吊起来了，正铆着劲儿听墙角，一听柯新这话基本坐都坐不住了，就好似听见主人打开狗粮袋子的哈士奇似的一个劲地往安念念那边张望。

安念念顿觉如芒在背，回头却看到同事们不约而同地拿起唇膏补妆，正后悔自己没学点拳击啊自由格斗之类的战斗技巧，就听柯新又温情款款地开口："我是真的很想和你聊聊天，也没什么目的，很单纯的。念念，待会儿等你表演完可以给我一点时间我们聊聊吗？"

虽然这话说得还挺绅士，但柯新那眼神大有安念念不答应他

浪漫过敏

会一直杵在这化妆间门口的架势。安念念看着其他不明就里的同事纷纷朝自己投来好奇的目光,咬碎了一口后槽牙:

"……好吧。"

说是邀请,实际上不就是威胁吗?

回头她就去学跆拳道,不给这人打一顿真是不解气。

"真的吗?我好开心。"柯新说着还想伸手摸一摸安念念的头,被她躲开才讪讪收回,"那待会儿我在后门附近的紧急出口等你,期待你的表演。"

安念念是真诚地希望柯新放过暖男人设,直面自己是个死渣男的事实,顺带也放过她。

柯新走后,坐在观众席最前排的阙濯也收到了来自其他特助的小报告。

任开阳就坐在阙濯旁边,两个人本来还在聊着对家公司的倒霉事,气氛不错,结果他看见阙濯拿出手机看了一眼,脸色就猛地沉了下去,不知道的还以为公司明天就要破产了。

出于好奇心,任开阳的胆子也迅速"增肥",但等他把头凑过去的时候阙濯已经平静地锁了屏。

任开阳偷窥失败,有一点失落:"没事吧?"

"没事。"

任开阳看阙濯完全丧失了聊天欲望的样子哪里像没事,但等到幕布再一次拉开的时候他也顾不上再去八卦阙濯那边的事,因为台上的场面确实是有些震撼。

只见台上几个大男人每一个都穿着黑色的短皮裙,被一群人

第五章 拥 抱

众星拱月地围在中间的安念念以女团的姿态在台上定格登场，台下经过了两秒钟的短暂沉默后气氛立刻燃爆到今晚的最高点。

"我……"

纵使见多识广如任开阳也差点没忍住骂了脏话，他赶紧拿出手机开始拍，感觉这往外一发没准就是今晚热搜预定："我们公司总部年会一向这么牛吗？我突然有点后悔去年装病没来了。"

阙濯"嗯"了一声，也不知道听没听见任开阳的吐槽，双眸已经无比自然地被台上卖力演出的安姓秘书吸引了过去。

安念念当然知道这些热情的欢呼和她其实没半毛钱关系，但想想有她身后这群"同甘共苦"的大男人，她的紧张情绪也得到了极大的缓解。

这一场演出下来她竟然没有忘记一个动作，顺利地从头跳到了尾，然后朝台下鞠躬致谢，跟着大家一块儿下场。

回到后台被其他同事不绝于耳的"厉害"之声包围的安念念第一件事就是把这身性感的小皮裙换下来，然后硬着拳头快步走到了后台另一端的安全出口。

柯新正如他们一开始约好那样，已经等在了那里，远远地便朝安念念挥手示意。

平日里安念念维持着和柯新的客气主要是不希望把个人情绪带进工作，但私底下的时候是真的连一个笑脸也懒得应付，直接面无表情地走过去："你到底有什么事麻烦直接说，我很忙。"

"你别这样好不好，念念，我只是想和你心平气和地聊聊天而

浪漫过敏

已。"柯新低不可闻地叹了口气,"不过如果你真的很急,我就直接说吧……其实当年的事情我一直觉得很对不起你,这些年我也一直都在托别人打听你的事情,如果可以的话,我想要弥补你。"

"……行,你以后别再来找我就是对我最大的弥补。"安念念说着拿起手机看了一眼时间,"说完了吧?"

"念念……你就非要这样吗?"柯新见她抬腿就想走,赶忙抓住她的手腕:"我不是想重新掀开你的伤疤,我是真的想你能再给我一次机会,让我好好地珍惜你,爱护你,治愈你过去所有的伤痛——"

安念念实在是忍不住了:"你还挺拿自己当回事的,在治愈别人伤痛之前先学学听懂人话好吗,我说过我有男朋友了。"

"是吗?"男人手上力道一紧,语气中的伪装也终于有了撕裂的迹象:"那你说说你男朋友在哪里,今天年会你们公司明明允许带家属来参加,怎么你就只有孤零零的一个人呢?"

"他工作忙不行吗?你以为都跟你一样天天闲着没事来骚扰前女友?"谎言摇摇欲坠,安念念却是面不改色心不跳,"你要再不放手我告你性骚扰了。"

"念念,你为什么总喜欢在我面前逞强,不如就直接承认你根本没有什么男朋友吧。"

但柯新至少曾经是最了解安念念的人,她每一个微表情都没能逃过他的眼睛。

"你的朋友圈、微博,从来没有提到过另外一个男人,圣诞节那天回来发的九宫格里对面也是祁小沫……你不会以为就随便找

第五章 拥抱

个男的跟我说句话我就会被糊弄过去吧？"

"……"

安念念确实没想到这人竟然还看过她的朋友圈和微博，也不知道朋友圈是哪个缺德同学实时给他转播的，真是吐了。

"念念……"安念念的沉默无疑是最好的证据，柯新决定乘胜追击，语气也缓和下来，"你以前说过我是最了解你的人，你真的大可不必对我耍这样的小花招来鉴定我的真心，你有没有男朋友我看一眼就知道了——"

"是吗？"

冷淡到了极点的磁性男声从柯新身后传来，安念念猛地抬起头，还没来得及看清楚，手腕就被阙濯抢了回去。

"柯先生可能确实应该改善一下视力，顺带削减一点不必要的自信心。"他手掌心顺着安念念的手腕下移，指尖自然地滑入她的指缝间收紧，一双森冷的眸与柯新对视的同时，声线也随之压低，"你曾经是不是最了解她的人我没兴趣知道，但如果你再来骚扰我女朋友，我会让你好好了解一下我公司法务部门的业务能力。"

男人沉下来的冰冷声线让柯新猛然回想起前阵子一个让他气到险些癫狂的夜晚。

"是你？"

电话那头的那个干脆利落的"滚"字，柯新至今还记忆犹新。

他之前一直在猜测那到底是谁，哪怕不是男朋友，一想到对方大半夜的会出现在安念念的身边，柯新就觉得窒息。

之前听说安念念这么多年都没有再找过男朋友，他的心里一

浪漫过敏

直存着几分希望与窃喜，哪怕她从来没有表露出要回头再找他的意思，柯新也都把这一切理解成她脸皮薄。

当年的事情毕竟还是他理亏一点的，柯新也在一直告诉自己，男人就是要大度一些，原谅小女生的小性子。

在阙濯出现之前，柯新确实一直有绝对的自信，相信自己依旧是安念念独一无二的最佳选择，自然也还保留着对她的占有欲。

但阙濯公司的法务部门也确实不是一般人能惹得起的。

阙濯看着柯新猛地阴森起来的眼神，将安念念往身后护了一步，依旧面无表情地说："言尽于此，柯先生好自为之。"

安念念就那么呆滞地被阙濯带回观众席，顶着任开阳已经熊熊燃烧的八卦目光在阙濯的另外一边入了座。

现在台上员工演出的部分已经结束了，接下来都是艺人的部分。

艺人毕竟经验丰富，舞台上的表现力自然比刚才员工的那一班子杂耍团强上好几倍，开场表演强劲而快速的鼓点透过安念念的耳膜直接击打在她的心口。

虽然她并不清楚阙濯刚才是怎么知道她和柯新约在那个安全出口见面的，但不得不说，刚才柯新一条一条把她在撒谎的证据抛出来的时候，她是真的有点不知所措。

没有人想在前男友面前丢这样的脸，但柯新刚才的话又确实条理清晰到让她没有办法辩驳。

说实话，如果阙濯刚才没有来，她真的不知道要怎么收场。

安念念想到这里下意识地侧过头看了一眼身旁的阙濯，就见

第五章 拥 抱

阙濯也看向她："怎么了？"

四目相对的一瞬间，安念念突然被一种莫名的紧张感击中，几乎是下一秒立刻便垂下眼眸避开了阙濯的目光。

"没什么，就是……挺感谢您的。"

阙濯看她垂着头的样子，沉默着忍了一会儿才没伸出手去抱她。

她这个工作其实对抗压能力是有要求的，作为他对外对接的窗口，平时跑腿送文件、沟通传达都是安念念来做，有时候难免遇到董事或股东心情不好，就尖酸刻薄地刺她两句来撒火。

之前的几任男秘书好几次都忍不住跟阙濯隐晦地提过，阙濯自然心里有数，也有过担心，想着安念念会不会比他们更不抗压。如果没过几个月就离职，还得再找，又是麻烦。最开始的时候，阙濯确实是不太信任她的。

但安念念对此好像从来没什么情绪，也没有过什么委屈。

有一次公司团建，阙濯和几个特助一起打网球的时候聊起这件事，几个资历最老的特助都对安念念赞不绝口："这小姑娘真行，能忍，上次大股东家里那位不知道在哪儿受了气，说她泡的咖啡太烫了，直接把杯子摔她脚边，她当时道了个歉就收拾东西出去重新泡了。"

"是吧，我那次还担心她会躲茶水间哭呢，结果我进去想安慰她两句，她笑呵呵地跟我说，还好今天穿的是什么加绒的裤子，没烫着。"

"什么什么裤子，你怎么那么土，那个叫光腿神器！"

浪漫过敏

"啊对对对，光腿神器……"

这不是阙濯第一次从其他同事的口中听见关于安念念的正面评价了。

办事妥帖、性格温和、滴水不漏，这些形容词或是从同事，或是从合作伙伴的口中落到阙濯耳朵里，都成了让阙濯越来越认可、越来越信任她的基石。

但听得越多，阙濯的情绪却不是对此越来越满意的。

他开始比之前任何一任男秘书在岗时都更加深刻地了解到秘书这个岗位的不容易，明白安念念每一项工作顺利完成的背后，可能都夹杂着很多就连特助们都有所不知的辛酸苦楚。

有时候手上的工作告一段落，他在休息的时候会将目光投向一面玻璃墙之隔的工位上的安念念，看着正在电脑前忙碌的人影轮廓，总想出去问问她，有没有遇到什么不讲道理的人。

但阙濯知道，推开这道门，安念念永远都只会朝他扬起无比职业又礼貌的笑容，跟他说："阙总，刚才您跟我说的这件事可能还需要点时间，我尽快。"

其实他不是去催促的，他只是想关心一下。

每当那个时候，阙濯就会感觉有点生气，也有点无力。

他有时候很想干脆把一切都捅破，盯着她的眼睛告诉她，你可以跟我诉苦，可以向我求助，别什么都自己扛着，无论是工作还是生活。

至少以后不会再有泼妇敢在他的办公室门前，把盛满热咖啡的咖啡杯甩在她的脚边。

第五章 拥 抱

也是那个时候，阙濯发现安念念对他而言，不知不觉已经变得格外不同。

他已经开始想要分享她的生活，而她却对此依旧毫无所觉，让他根本不敢轻举妄动。

"过一会儿要抽奖了，你的奖券呢，丢了？"

安念念情绪的低落肉眼可见，一旁任开阳听见阙濯轻柔的声线，直接被口水呛进了嗓子眼儿，把身子侧过去咳得面红耳赤。

"没有，在这儿呢。"安念念一提起抽奖又来了点劲，赶紧从兜里掏出自己的抽奖券给阙濯过目好让他老人家放心。

阙濯看也没看任开阳一眼，接过奖券扫了一眼上面的号码，两分钟后，那头负责今晚开奖的程序员就意外地在抽奖环节前接到了来自阙濯的亲自联系。

大 boss 第一次与他直接对接，程序员相当紧张，小心翼翼地问了一声："阙总找我有什么事吗？"

"今晚大奖增加一个内定名额，之前的随机名额不变，你现在改一下程序代码，辛苦了。"

"……"

人在后台坐，活从天上来。

惨。

而安念念又怎么会知道阙濯给她安慰的方式会如此直白又隐晦，开奖的时候她认认真真地看着屏幕上滚动的数字动画，然后看着观众席不断有人发出欢呼，蹦跳着上台领奖，内心真是遗憾又庆幸。

浪漫过敏

因为每一个号码不会被重复选中第二次，前面出现的号码虽然代表逃离保底，但同时也代表与大奖无缘。

可毕竟安念念去年还抽了个手机，此刻心里没有别的，全是侥幸——去年拿了个三等奖，今年来个五等也行啊。于是一边等一边坐在那儿跟个虔诚的教徒似的合十祈祷，看得台上负责颁奖的阚濯一阵好笑。

他已经有些迫不及待想看安念念狂喜尖叫将刚才的阴郁一扫而空、蹦跳着扑上台来的模样了。

果不其然，当最后头奖的滚动动画停留在自己手上的号码的时候，安念念跑上台来的样子就像个开心的小学生，把柯新的事情转头就抛到了九霄云外。

头奖一共两个名额，安念念前面还有一个男员工，两人喜气洋洋地登台，主持人为了画面美观特地让两人保持了一段距离。

男员工红光满面地走到阚濯面前，看着眼前这个比他高出大半个头的年轻总裁，内心洋溢着敬仰之情。

他是去年新年后才进公司的，没想到第一次参加年会就中了头奖，还能如此近距离地观察到这个公司传奇人物的真容，这怎么能让人不激动！

他早就在各种金融杂志上了解到阚濯的商业传说，听说他不光在商场上雷厉风行，私底下生活也干净透明，可以说除了有时候不近人情之外简直是行业模范，堪称业界清流。

男员工越想越紧张，抬头看向阚濯的时候额头上已经被高强度的舞台灯光照出了一层汗，只见业界清流把装着奖金支票的精

第五章 拥抱

美信封递交给他,道了一声:"恭喜。"

然后关了麦克风的收音又补上一句:

"可以和我拥抱一下吗?"

"……"

男员工霎时陷入惶恐,这是什么情况?

莫非是刚才在上台的时候他表现得太独特被阙总注意到了吗?

但总裁的命令谁又能拒绝呢,一番思想斗争之后男员工还是和阙总来了一个简单的拥抱。

接下来轮到安念念,她接过信封之后也按照前一个人的领奖流程照猫画虎地伏进了阙濯的怀里,脑子里却只有一个想法:大奖的奖金是多少来着,早知道刚才数0的时候仔细一点了!

阙濯就那么当着全公司上上下下千名员工的面,抱住眼前满眼雀跃的安念念,同时余光不忘扫向台下观众席专门给合作伙伴准备的区域,在明确地给了柯新一个眼神之后才缓缓地松开了她。

抽奖环节结束后是酒宴,在年会这种本就是以庆祝为目的的场合,还都是同公司的人,那气氛简直是难以想象的高涨。

安念念作为头奖得主之一自然不可能逃过一劫,结束的时候被灌得神智都不清醒了,扶着墙两条腿都直发软。

小杨早就在停车场等着了,可眼看着周围的车都走得差不多了阙总也还没来,正准备打电话询问,就远远地听见安念念口齿不清的声音:

"阙!濯!我跟你说今天要不是我高兴,天王老子也灌不了我!"

浪漫过敏

"呜呜呜妈妈我中奖了,我要给我妈买个新羽绒服,再给我爸买双好皮鞋,阙濯你有没有什么想要的,我有钱……嗝……了!"

"我得谢谢你对我一年,哦不是,两年以来的照顾啊,然后你今天还帮我赶走柯新,你可真是个好人啊阙总!"

阙濯本来都不想搭理这个醉猫的,但是听她发好人卡发得起劲儿才有点忍不住了:"闭嘴。"

小杨看阙濯抱着已经软得没骨头的安念念走过来,非常有眼力见儿地迅速打开了后车门,然后帮着阙濯把安念念塞了进去。

"阙总,先送安秘书回去吗?"

安念念一沾车后座就困了,囔囔着要去刷牙洗脸,阙濯脱了外套把人裹住就不再理会她的嘟囔。

"不用。"他沉吟片刻,补了一句:

"直接回我那儿。"

夜深人静的城市主干道上只剩下寥寥无几的车辆飞驰而过,安念念真的在后座上小睡了一会儿,直到阙濯想把她抱出去的时候才再一次悠悠转醒。

"爸,我饿了……"

"……"

阙濯心想,这人喝醉了酒也这么气人,好歹上次还问是不是散会了,这次直接认他作父:"谁是你爸?"

安念念嘬着嘴:"爸你是不是糊涂了,我好饿……我没吃饭,我只喝了一肚子酒……呜呜呜我要回家……"

第五章 拥 抱

"……"

小杨都没忍住"扑哧"一声笑出来了，然后又在阙濯的注视下迅速收住了笑容。

"阙总，要不我去附近的便利店给安秘书买点吃的吧？"

"不用，让她饿着。"

女朋友还没追上就当了爹的阙濯心情很不好，再想想这一切都是因为自己一晚上送出去了十万块钱，简直是搬起石头砸自己的脚，就更不爽了。

他把人抱进电梯之后就直接往地上一放，又赶在她腿软坐地上之前把人扛在肩上，抬手狠拍了两下。

"喝醉了也不老实。"

不知道安念念是不是真听见了，她吸了吸鼻子没了声音，过了一会儿阙濯就又听见她"呜呜嗯嗯"地哭开了。

"阙总其实我真的……我感觉你最近对我特别好……"

"……"

"你为什么要对我这么好啊，就因为你是个好人吗？"

"……"

"你怎么这么好啊，你对你每一任秘书都这么好吗？就因为我天天和你朝夕相处吗？你能不能说个能让我信服的理由啊？我想不通啊阙总……"

这一句一张好人卡让阙濯真的郁闷到了极致，可酒精让安念念本就不够敏锐的大脑再一次变得迟钝，根本感受不到阙濯的情绪。

浪漫过敏

阙濯气得不行又别无他法，只能她说一句，就在她身上拍一下，等到出电梯的时候安念念已经不再出声了。

"你怎么不继续说了？"

"……"安念念委屈巴巴地吸了吸鼻子，"屁股疼。"

能把可爱和可恶这两种气质完全融合并永远都能做到无缝切换的，只有安念念一人。

阙濯的气被她可爱掉了一半，单手托着她往上掂了掂，就听安念念无比痛苦地说："阙总，我的胃好难受……呕……"

"……"

有句话说得好，见过你喝醉酒的样子还能爱你的人，那是真爱。

阙濯对安念念也真的是真爱了，西装外套直接被他扔进了垃圾桶里。除此之外，这个生活中到处被别人无微不至地伺候的男人现在反过头来开始伺候这个吐完就睡得如同昏迷的醉鬼。

还好安念念晚上没吃什么东西，吐也只吐出来点酒，但阙濯实在是忍不了她身上那股酒臭味，把她的外套也一起送进了垃圾桶。

安念念胃里的酒吐得差不多了，也清醒了几分。她迷迷糊糊地眨眨眼，就看见阙濯只穿着一件白衬衣，袖子挽到肘关节处，干净得就好像学生时代很多女孩心里都会装着的那么一号人。

如果脸没有板得那么死的话。

"你……你能不能稍微有点笑脸啊，跟个杀手似的……"

这被人伺候的人要求还真不少。阙濯倒是真想笑，不过是气的。他手上拿着花洒在浴缸旁蹲下，面无表情地故意刁难："安秘书，我的笑是很贵的。"

听听这铜臭味十足的话！安念念撇撇嘴，真不愧是个奸商头目："那我拿东西跟你换。"

"拿什么东西？"

他喉咙有点发痒，声线也略微浑浊起来，正想清清嗓子，安念念的脑袋已经主动地凑了上来，在他嘴唇上碰了一下。

"这个东西，可以吗？"

第六章

木头开窍

她应该还是处于迷糊的状态，眼神有点散，好似聚不起焦来，说话口齿不清，含含糊糊的，好像一个不好意思撒娇的别扭小女孩。

阙濯有一瞬间的呆愣，下一秒就被已经等不及的安念念伸出手捧住了脸，左右两个大拇指同时开弓拉着他的嘴角往上扯。

暴力催笑，不愧是安念念。

阙濯没想到安念念喝醉后会做出这样的事，愣神间，花洒已经被安念念抢到了手里，对准了他。

这一切发生得很迅速，等阙濯捉住安念念的手腕时，他的上半身已经完全湿透。

若在平时，做出这些事的安念念估计都不敢抬头看阙濯一眼。可不知是因为酒精还是刚才那轻微的一碰，这时的她眼中晃起光亮，直直地望着已经湿透的阙濯。

"好看吗？"阙濯好气又好笑，"你是故意的是不是？"

安念念其实还真不是故意的，刚才她举起花洒的时候自己也不知道在想什么，可能就只是想让阙濯小小地难堪一下而已。

第六章 木头开窍

她振振有词:"你怎么收了我的好处也不笑?你违约。"

阙濯俯下身,一只手撑在浴缸壁上,头发上的水珠垂落下去直直地砸在平静的水面上:"我似乎不记得我们之间有达成那样的协议。"

危险逼近,安念念下意识往后躲了一下,又眨巴眨巴眼:"没有达成协议你为什么允许我亲你?"

喝醉的安念念,逻辑却分外清晰。

"你收了我的好处,又不想履行义务,哪有那么好的事情!"她越说越来劲,到最后直接站了起来,"我要去法院告你!"

阙濯把人抱住:"就算是我违约了,那你想怎么样?"

"你得补偿我!"

"什么补偿,你说。"

这一个问题把安念念给问着了,憋了两分钟没说出一句话来,阙濯只得继续循循善诱:

"你有什么备选?"

"上次的麻辣烫。"

"除了这个。"

"那便宜的麻辣烫。"

"不要麻辣烫。"

"黄焖鸡。"

怎么全都是吃的?

阙濯闻言两道眉拧紧:"除了吃的呢?"

"想休息……休息一个月!"

浪漫过敏

阙濯慢慢觉得忍不了了:"有没有关于我的?"

安念念又想了一会儿:"没有。"

阙濯听她这么说已经开始咬牙切齿:"你再想想。"

安念念被逼着又想了一会儿才不情不愿地说:"那,那就……希望阙总在新的一年里脾气好一点。"

"……"

在安念念美好的希冀中,阙濯差点没有了新的一年。

再次醒来的时候外面天已经大亮了,安念念睁眼的瞬间便头疼欲裂。

是久违的宿醉。

安念念捂着额头从床上坐起来,这才发现自己正身处一个完全陌生的环境。

线条极尽简约的书桌,书桌旁静静伫立的书柜,整个空间简单到了极点,比起卧室更像是办公室内嵌的休息室。

她看了一眼身下的床,极致性冷淡的黑白灰配色;又看了看身上的衣服……

安念念随手抓了两把乱草似的头发下了床,余光瞥见床头的电子钟,顿时忘了身体的酸痛,跟个弹球似的弹出了门。

阙濯正准备往里走,就这么和安念念撞了个满怀,他一只手先扶住这穿山甲似的人:"急着去哪儿?"

"上班啊!"安念念急疯了,"我迟到——阙总?"

这距离上班时间都过去俩小时了,怎么阙濯还在这儿悠然自

第六章 木头开窍

得地待着呢？"

"我跟人事说今天有个急事要去外地一趟，"阙濯把她放回地上，顺手将她飞起来的衬衣衣角拉下去，"所以今天不用打卡了。"

安念念看着鬼似的盯着阙濯看了一阵，憋出一句："阙总，不得了了。"

现在他学会以公谋私滥用职权了！

阙濯想也知道安念念没准备什么好话，好在他不是一个好奇心很重的人。他拉着安念念的手腕把人带进厨房，安念念就那么走马观花地扫了一眼阙濯家的客厅，坐上餐桌的时候又没忍住嘴贱了一句："阙总，这是您家还是样板房啊？"

这里整洁得根本不像有人住的样子，整体色调也都采用黑白灰三色为主基调，偶尔有一些藏青深蓝之类的颜色掺杂其中，比例也少得可怜。

这是啥啊，大熊猫乐园？

阙濯睨了她一眼："我在家里待的时间不多，每天也有人来打扫，想变成你家那样才难。"

安念念噎了一下："那……那我不是得天天给您鞍前马后嘛，哪有时间收拾家！"

阙濯知道这人就是在死鸭子嘴硬，但因为还挺喜欢这个回答，也就没再搭腔。他给安念念倒水的工夫餐厅已经把菜送了过来。

两人对面而坐，安念念饿得是真不行了，低头就开始狼吞虎咽，吃到一半听阙濯问她："今年春节什么时候回家？"

安念念去年是年二十九回的家，但今年过年晚，年会开完还

浪漫过敏

有一个多月做年末清算的时间,安念念心里草都长了三米高,有点想提早两天回去。

"阙总,要是条件允许的话可以让我提早两天回去吗?"安念念放下筷子郑重其事地看着阙濯,"您看……我国庆几天一直都在加班也没回去,现在挺想我爸妈的。"

"可以。"

安念念是秉持着大家有商有量的谈判策略,却没想到阙濯答应得很爽快:"正好今年春节我也想去北方看看雪。"

安念念的老家就在雪乡,近几年正在大力宣传冰雪旅游,广告打得嗷嗷响。

她一听有人准备支持家乡旅游业,立刻拍起了胸脯,上一秒还字正腔圆的普通话也带上了大碴子味儿:"行,今年春节你旅游我包了!"

"……"

阙濯觉得安念念的重点好像又歪了。

吃过午饭,安念念在阙濯的浴室里好好地洗了个澡又刷了个牙。

说起来安念念也觉得阙濯这人的生活作风是不是有些太夸张了,上次只不过在她家借宿一夜就让人送来了全套的生活用品;这次她意外留宿,本来想着下楼去便利店买便宜的牙刷毛巾凑合凑合,结果进了浴室才发现阙濯已经给她准备好了。

从毛巾到电动牙刷,甚至是漱口杯都一应俱全。

这也太离谱了,要不是知道阙濯是什么样的人,她可能会误

第六章　木头开窍

会他预谋已久。

而且更搞笑的是这个牙刷也不知道是谁负责采买的,牙刷柄上竟然还有一个硕大的番茄头,虽然插在底座上充电是会比较稳,但手里捏着一个番茄刷牙,好像牙龈出血似的。

安念念相当中意这个牙刷,甚至直接跟阙濯知会了一声就把这个番茄牙刷带走了,还特地拍了照发了个朋友圈,说自己之前的电动牙刷走得很安详。

这就叫薅羊毛。

时间又过去了小一周,这一周里安念念倒是挺闲的,因为公司进入了年末清算的时期。阙濯忙得没有时间出差和会客,也不怎么开会,就在办公室里审报表,批来年的预算。

其实当总裁是真的挺累的,以前安念念总以为总裁就是坐在办公室里负责耍帅和霸道就够了,真的当了总裁秘书之后才知道,尤其是像他们公司这种分部众多、脉络分支无数的大公司,不光是自己脚下这块地得管着,还有全国各地的分部也都不能松懈,每天要看的东西比她大学复习周里一周的东西还要多,还要考虑大到各个分部小到各个部门之间的制衡,稍有差池出现权力的倾斜又会是一番暗潮涌动。

安念念在工作这方面是真的很崇拜阙濯了,工作压力那么大还能保持一头浓密的头发。

要把她推到阙濯那把椅子上去,估计不到半年,她的头就已经呈现地中海的态势了。

浪漫过敏

按道理来说，安念念现在只要躺平等着春节假期然后回家就完事儿了，她甚至早就订好了回去的机票，和祁小沫商量好要趁春节假期拉上剩下几个家也在雪乡的大学同学一块儿聚聚，已经开始掰着手指头算日子。

但就像暴风雨来临之前总是平静一般，安念念的安生日子没有持续到第二个星期，整个公司就被竞争对手的一则热搜彻底打翻了年末的风平浪静。

东成科技在年会上展望未来：新的一年或将进入新能源时代。

那条热搜是一篇文章，主要总结了东成总裁在年会上的发言，安念念看了一下，从理念到既定的宣传标语再到3D建模的概念图都和她之前见过的相差无几，顿时冷汗都下来了。

新能源这个领域，国内尚未有深度涉足的公司，可以说是一个完整的大蛋糕。这次阙濯想尽办法争取到了和梁鸿博的合作，也正是因为看见了新能源的巨大发展潜力。

而这个项目也是他们未来一年乃至几年重点投资培养的项目，为了不让对手收到风声，阙濯甚至只安排了一些心腹来负责，只为在快速推进的同时将保密工作做到极致。

现在东成的热搜一出，整个董事会都震惊了，一群全世界各地飞的大忙人在一天之内全部都聚到了公司总部，要阙濯这个直接负责人给出一个说法。

几乎是在一夜之间，黑云便已然压城。

安念念知道，这件事非常严重。

在这么重要的项目中选错了人，出了内鬼，这是巨大的决策

第六章 木头开窍

疏失，阙濯作为这个项目的直接负责人可以说是责无旁贷。

这次董事会的级别很高，安念念甚至都不能和阙濯一同参与，只能在工位上静静地等待。

阙濯一早进了会议室就再也没出来过，安念念眼看着时间一分一秒地过去，直到深夜十一点，会议室的大门才终于被打开。

股东们的脸色已经难看到了极点，安念念无法想象刚才会议室里的气氛会有多压抑。直到最后一位股东离开后，她才离开工位走到会议室门口，就看见阙濯依旧坐在他平时的主位上。

"阙总。"她站在门口唤了一声，"我帮您准备了一点夜宵，您不能再这样不眠不休下去了。"

他一直在办公室没有出来过，也没有喊她进去做任何事，直到股东们的到来。安念念算算，他已经保持粒米未进的状态超过了二十四小时。

安念念说完也不管阙濯说了什么，不由分说地把外卖盒端进了会议室，在他面前整齐地摆放好："您把要做的事情交代给我，我去做，您先把饭吃完，如果可以的话再去休息室休息一下。"

安念念说完才察觉到自己的语气好像有一点强硬，来不及补救就正好对上阙濯的目光。

"……呃，我是说……"安念念头皮一紧，明明脑袋里想的是说点软话补救一下，可嘴却该死的不听话，"机票我退了，家我在解决这件事之前不回了，有事您尽管吩咐，虽然我没什么用，但是……"

她看着这个面对无论多么重大的商业决策永远成竹在胸的男

浪漫过敏

人此刻面容是前所未有的紧绷，心都揪紧了。

"只要您需要，我一直都会在。"

听见安念念的话，阙濯紧绷的神色总算稍有缓和。

"好。"

他也不跟安念念客气，直接把一些需要电联的事情交给安念念去做，然后就坐在会议室里开始吃安念念买回来的东西，吃完就被安念念推进办公室内嵌的休息室休息了。

安念念安置好阙濯之后一边打电话一边在心里骂东成科技，心想他们真的是恶意满满，做了恶心事儿也就算了，还故意抢在年前公布，生怕别人过个好年。

然而就在安念念骂对家公司的时候，梁鸿博那边第一轮自查就传来一个消息。

柯新从昨天起失踪了。

柯新作为梁鸿博的助手自然是接触到技术层面东西最多的人，但现在这件事看似已经水落石出，安念念的心里却还有一股更大的不安在发酵。

公司内参与这个项目的人不多，大部分都是技术相关人员，也都签署了保密协议，再加上每个人参与的环节不同，所以很难把技术外流出去。

而东成科技在那篇文章里除了技术之外还特地提了两句宣发和经营的理念，对产品给用户生活带来的改变的描述与之前销售部拟定的方案高度一致，撞车撞得一塌糊涂，要不然安念念也不可能第一时间怀疑到公司内部。

第六章 木头开窍

事实证明安念念的不安并非无稽之谈,因为就在阙濯去休息的那几个小时里,有人把年会那天安念念与柯新在安全出口见面的照片发到了各个股东的邮箱当中。

柯新负责研发不会知道宣发的事情,而这些事情每天跟在阙濯身边的安念念自然非常熟悉,宣传部做好的新内容经过总秘的手也非常正常。

到了现在安念念总算明白柯新到底打的是什么如意算盘了。

他在逼阙濯把她推出来当这场事故的牺牲品以给股东们一个交代。

意识到这一点的安念念第一次陷入了前所未有的自责,她忙完了阙濯交代下来的事之后就那么静静地坐在工位上,整个大脑转得飞快,却怎么也想不出一个能够扭转局面的对策。

办公室休息室内,阙濯只睡了短短两个小时就在股东们轮番的电话轰炸下醒了。

在这说长不长说短不短的近三十个小时里他们经历了好几次反转,打电话给阙濯的时候无一不是出离愤怒的,有些人的措辞甚至都已经撕去了客气的外衣,直言阙濯不过就是个贪图美色的无能之辈。

所谓美色自然是指安念念。阙濯将股东的怒火照单全收,然后看着其中一位股东转发给他的邮件陷入了沉思。

照片拍得十分清晰,柯新和安念念的脸都一清二楚,他拉着她的手腕表情温柔,硬是在安念念表情僵硬的前提下给整个画面

浪漫过敏

平添了几分莫名的亲昵感,仿佛两人不是撕破脸的前恋人,而是正在闹别扭的小情侣。

他就那么站在休息室的落地窗边看着窗外依旧璀璨热闹的城市灯火,直到天快亮,远处的天空已经浮现出鱼肚白,才接到任开阳的电话。

那头的任开阳也是一夜没睡,这个项目的首发地区并不在总部所在的省份,而是在任开阳那个分部的地区先实施试点,因此这事一出,任开阳也是焦头烂额。

"阙濯,照片你看见了吧?"问句,却是陈述的语气。

"嗯。"

"把安念念推出去吧,先给股东们一个交代。"任开阳说这话的时候甚至有种松了口气的感觉,"这个照片还真是来得正好,本来我还在想这件事要怎么办——"

"不行。"

阙濯几乎想也不想地将他的话断在了空中。

"不行?"任开阳仿佛听到一个天大的笑话,"阙濯,你应该知道股东们要的就是一个交代,你必须推出去一个人承受他们的怒火,转移他们的注意力,不然的话他们肯定要拿你开刀。"

这些道理阙濯很清楚。

他有一百个一千个可以推安念念出去的理由,但他不能,也不会。

"阙濯,你不会跟我说因为你喜欢她吧?"

"你不会恋爱脑了吧,你是不是接下来还要跟那群老狐狸宣讲

第六章 木头开窍

真爱无敌论啊？"

任开阳是知道那群老狐狸的手段的，他是真怕阙濯就因为这件事万劫不复。

"我跟你说你可千万要冷静，别冲动，你再想想，再想想，OK？咱们是生意人，得明白两害相权取其轻吧——"

"我想得很清楚。"

任开阳让他冷静，可阙濯很清楚，他的决定没有半点冲动的因素在里面。

喜欢是一方面，但更重要的是他阙濯还没有无能到需要利用自己喜欢的人为他挡在前面的地步。

"你如果有时间，去帮我查一下这个男人最近和别人的金钱往来。"窗外的鱼肚白就在他们这三言两语中亮了起来，阙濯低头看了一眼时间，"好了，我先挂了。"

他从休息室出来的时候安念念已经收拾好心情准备好了早点，阙濯虽然没什么食欲，不过还是在办公桌前坐下准备吃一点。

"梁鸿博那边有什么消息吗？"

"有，昨晚您休息之后他打电话来说柯新从昨天起就失踪了。"安念念说着，轻轻地握了握拳，"阙总，这件事我很抱歉，是因为我——"

"因为你什么？"阙濯却抬起头很平静地看着她，"事情还没有水落石出之前不要把责任往自己头上揽。"

他低头喝了一口粥又接着说："你也去吃点东西，稍后的会议可能需要你一起参加，但是你不用说话，都交给我。"

浪漫过敏

"可是……"

"没有可是。"阙濯抬头,是安念念最熟悉的面无表情,以往他在工作时面对安念念总是这样的表情,"去执行。"

"……好。"

安念念回到工位简单地吃了个包子垫了垫,然后又在茶水间准备好一会儿会议需要的茶水,心里也已经准备好了道歉乃至辞职的措辞。

股东们又是一大早就陆陆续续到了,看起来也是一夜没睡好。

安念念知道,这次企划如果真的夭折,他们每个人损失都很大,也知道现在自己就是和柯新里应外合最大的嫌疑人,面对他们刀子似的眼神也只能沉默地低着头做好自己分内的事。

她能猜想到阙濯昨天面对他们应该也是类似的情况,那场会议耗时十几个小时,也不知道阙濯都在里面说了些什么做了些什么,又是怎么熬过来的。

"长得不怎样,胸倒是挺大的。"

大部分股东都沉默地入了座的同时,其中一个中年男人却一直用打量货品般的眼神看着安念念,冷笑着奚落了一声,引得周围几个人也都发出冷笑。安念念抿着唇把所有人的茶杯摆好,正准备出会议室去通知阙濯,就看见阙濯已经穿戴整齐站在了她的身后。

"各位的心情我能理解,但是希望各位能对公司员工保持最基本的尊重和礼貌。"阙濯语气很淡,说完便给了安念念一个眼神,示意她跟上。

第六章　木头开窍

"关于昨晚的照片我已经开始着手调查，还请各位少安毋躁。"阙濯带着安念念在上座前站定，"目前可以确定的是公司确实出现了那位研究员的内应，但具体是谁——"

"不就是阙总身边的这位秘书小姐吗？"

"所以这位秘书小姐那天晚上到底为什么和研究员在年会后台私下会面呢？"

"就算你们之间有私交，身为总裁秘书难道不明白要避嫌这个道理吗？"

接二连三的问题让安念念确实很难堪，但她心里也早就做好了遇到难堪的心理准备。

"真的很抱歉，在这件事情上是我处理得不妥。其实我和柯新……"

虽然之前阙濯有交代，但这种时候她觉得自己不应该一言不发，全部都让阙濯帮她挡下来。

相反，安念念甚至更希望挡在阙濯身前，为他承受更多股东的怒火。

她语气诚恳，措辞得体，显然是经过一番思虑，早就想好这番话要怎么说。阙濯侧眸看了她一眼，就看见她眼下深深的黑眼圈。

这件事从事发到现在，他在公司待了多久，安念念就跟着待了多久。

"这次会面造成的严重后果确实超出了我的预料，我深感抱歉。"

浪漫过敏

她说到这里深深地躬下了身体，恳切地说："但是我确实没有做出任何有害公司利益的事情，还请各位能够相信我。"

"既然是前男女朋友的关系，那旧情复燃也不是没有可能。"

安念念话音未落，股东之中又重新涌出了质疑的声音。

"更何况你这也不过是一面之词。"

明里暗里还是直指安念念就是那个内鬼。

她站起身，正在犹豫要不要引咎辞职，就听身旁的阙濯开口：

"所以我相信各位股东来一趟也不是为了听一面之词，对吗？"他稍往前一步，将所有股东的目光挡在自己身前，"事态重大，现在首要的就是调查事实真相，找到证据，清除内应，只有这样证据才不会是一面之词。"

安念念知道自己已经抢了阙濯好多话，把他很多准备好的说辞都变成了无用功。她有些抱歉地看着阙濯，却见对面一直措辞最为刻薄的中年男人站起来看着阙濯：

"阙总既然这么笃定和她无关，那如果调查结果确实就像其他股东猜测的那样呢？"

这是很典型的陷阱型提问，目的就是为了让对方应允原本不可能许诺的事情。安念念虽然知道阙濯是不太可能说出什么冲动的话，但心中却突然袭来一阵不安。

"如果调查结果确实和其他股东猜测的一样——"

她转过头看着阙濯无比刚毅的侧脸，好像感知到了什么一般，心脏如同被人凭空捏住，猛地一紧之后便狂跳了起来。

"我会引咎辞职，以儆效尤。"

第六章　木头开窍

他居然真的这么说了。

安念念早就不是刚出社会的女大学生，当然清楚阙濯这话可不仅仅是辞职后换个地方接着干的意思。

因为机密泄露这种事情引咎辞职，他会在这个行业立刻身败名裂，失去立足之地。

他是整个企业的核心，是独一无二的存在；而她，只是一个可有可无的总裁秘书，无论换了谁都能把这些日常的小杂活处理好。

安念念想不明白阙濯为什么要为了她做到这个地步。

这场董事会最后以阙濯的那句话画上了句号，从开始到结束不到三十分钟。可安念念却坐在工位上又花了一上午才平复下来自己杂乱的心绪，而后鼓起勇气主动敲了阙濯办公室的门。

"请进。"

阙濯的声音一如往常，平静得仿佛什么事也没有发生过。安念念推开门走进去，就见阙濯还在批来年的预算。

这心理素质真的太强大了。安念念微垂着眸，轻轻叫了一声："阙总。"

"嗯，怎么了？"阙濯这时才从文件中抬起头，昨天一天都在会议室里关着，各部门送上来的报表和预算表已经堆成山了，"对了，帮我泡一杯咖啡，之后预约一下梁鸿博博士，让他尽快到总部来一趟。"

安念念点点头，在原地犹豫了一会儿才开口："您上午的时候为什么……您没必要……"

浪漫过敏

"没必要什么？"阙濯听出她的心情有多复杂，"你是说我承诺辞职的事情吗？"

"对……我只是一个微不足道的秘书而已……您真的……我……"

直到现在安念念回想起阙濯爽快地承诺辞职的瞬间，依旧忍不住鼻子有点泛酸。她本不是这种多愁善感到想到就能哭的类型，但她能感受到阙濯在拼尽全力地保护她，这种不遗余力让她每每想起都很受触动。

闻言，阙濯沉吟了片刻，大概是在思索这句话到底要不要说，但沉吟过后还是开口：

"安秘书，你是木头吗？"

安念念愣了一下，也没细想阙濯这话到底是什么意思，那马屁就跟条件反射似的往外冒："阙总您是不是已经想到对策了，不愧是您！不过很抱歉我好像确实是有点榆木脑袋，我实在是想不到您还有什么对策……"

"……"

阙濯面对安念念的榆木脑袋才是真的想不到还有什么对策。

现在也确实不是儿女情长的时候，他只能深吸一口气："做完这两件事之后就去休息室休息一下。"

安念念正想说自己不累，却又被阙濯抢了话："不累也去。"

好吧，去就去。

但其实安念念的脑袋现在应该类似于裂了一条缝的榆木。

最大的证据就是她出去给阙濯泡完咖啡，联系完梁鸿博，最

第六章　木头开窍

后被阚濯抓进休息室里躺下之后，她竟然又想起了上午的事。

她感觉自己就像是一夜之间突然得了什么精神疾病，脑袋里不知道为什么一直在循环播放今天上午阚濯在会议室里那句铿锵有力的"我会引咎辞职，以儆效尤"。

而每当脑海中回想起这句话的时候，安念念的心跳就像是被人抽了一鞭的马似的开始疯跑起来。

但很矛盾，她竟然在这样疯了似的鼓点中感到很安稳，就好像在疾驰的马背上却处于浑身放松的状态，就好像有一双无形的手无时无刻不在准备着保护她，让她免于跌落之苦。

梦里，安念念回到了家，那个每到冬天就银装素裹的雪乡。

她兴奋地拖着行李箱上楼，敲开那扇已经想了快一年的家门，看着出来迎接自己的父母，乐不可支地跟他们说，自己今年抽到了大奖，家里换一台冰箱，还可以再买个扫地机器人。

父母的脸上都是开心的神色，眼神却一直在往她身边看，安念念被看得满头问号，循着他们的目光看去，才发现自己身边竟然站着一个高大的男人。

"叔叔阿姨新年好。"

熟悉的声音一下点亮了上一秒还如同剪影般看不清的侧脸，安念念在梦中大喊了一声"我的天！"就从床上惊醒过来。

这梦可太离谱了！

第七章

危 机

安念念这一觉睡得那是相当不好。

她感觉自己好像是得了癔症,只要闭上眼睛那张侧脸就迅速浮现在自己的梦境中,各种五花八门千奇百怪的梦都梦了个遍,到最后安念念总算是认命了,去休息室的洗手间洗了把脸,结束了这几个小时的睡眠。

推开休息室的门就是办公室,阙濯还在对着电脑看报表,桌上两个残留着咖啡的杯子证明梁鸿博曾经来过,现在已经离开了。

"阙总。"安念念赶紧醒了醒神,把刚才无厘头的梦甩到一边,"梁博士来过了吗?"

"嗯。"阙濯抬头看向她,"睡得还好吗?"

"……"说实话不太好,但安念念怎么可能说实话,"梁博士那边怎么说?"

"和我想象中差不多,他也是受害者。"阙濯的神情已经褪去了之前的凝重,"不过他这次带来了一个算是好消息的消息,就是研发进度还是要耽搁一阵子。"

第七章 危 机

安念念点点头："那现在还有什么我能帮上忙的事情吗？"

毕竟这一切都是因她而起，安念念现在是真的很想帮阙濯一点忙，哪怕只是一点点都好。

"嗯，麻烦你再帮我泡杯咖啡，然后点两人份的夜宵。"他们这两天进食都太有限了，都需要补充一下，"还有，安秘书……"

安念念认真地看着阙濯，表示在等待他的下文。

"你没有做错任何事。"

但阙濯第一句话就让她再一次猛地低下了头去，就连她自己都不知道为什么，明明并没有想哭的念头，但身体就像是条件反射一般逃开了阙濯的目光。

而阙濯却依旧无比认真地凝视着她，让她的心尖都在因为阙濯温柔的注视而颤抖。

就在这整个城市最高的顶端，一个连冬风都休眠的夜晚，安念念总算意识到自己这如雷如鼓的心跳到底是怎么回事儿了。

啊，完了。

下楼拿外卖的时候安念念寻思自己这职业生涯迟早被她自己给断送了。

钱多事少离家近啊！六险二金啊！加班三倍工资啊！

安念念你就一普通211本科毕业生，在这里被炒你还能去哪儿，你醒醒啊！

她心如死灰地拎着外卖回到顶楼，阙濯已经简单地收拾了一下办公桌，把文件夹堆在了一起，空出面前的一块地方来摆外卖盒。

浪漫过敏

也不知是事情有了转机还是怎么回事儿，阙濯的食欲看起来还不错，倒是安念念是真的一点食欲也没有，满脑子都是被炒鱿鱼之后自己该何去何从的严肃论题。

阙濯吃了两口发现安念念好似邪魔附体一样吃得比鸟还慢，忍不住拿公筷给她夹了一筷子排骨："安秘书，没胃口吗？"

安念念必不可能让阙濯知道她在想什么，只能用一个无比蹩脚的理由掩盖自己的心事重重："我……那个……刚您说梁鸿博带来个好消息，我忘了问了，是什么好消息来着？"

这理由安念念自己都觉得不高明，奈何她平时大概在别人心里就是这么一号人物，阙濯竟然也没说什么，只是弯了弯嘴角："先吃饭，吃完饭再告诉你。"

得，还卖关子。

两天后，在新能源项目企划的内部会议上，所有参与企划的员工都发现之前从不离阙濯身边的安秘书被换掉了，换成了一个中年男人。

阙濯对此没有任何解释，其余的人也没人敢问，但会议一结束有些好奇的人就议论开了。

"怎么回事啊，安秘书呢？怎么好端端换人了呀？"

"我听说，只是听说啊，最近东成科技不是抢先我们一步宣布了新能源的企划吗，听说是因为安秘书泄密了。"

"什么，是安秘书？！"

"你还不知道？证据都被人发到股东那边去了，前阵子股东

第七章 危 机

连续两天来公司开董事会,阙总要不拿安秘书祭天那群股东能被压住?"

"那到底是不是安秘书干的呀?"

"谁知道呢,反正这里头水深着呢,不敢说不敢说。"

茶水间是装着公司最多秘密的地方,一群职员有男有女聚在一起,在泡咖啡的短短时间里已经足够讨论出一部可以扩写到一百万字的深宫大戏来。

那头,在家里已经休假两天的安念念终于发了一条微博:如果能回去就好了。

下面的配图是大学的教学楼。

微博发出去之后她又在床上换了个姿势坐了一会儿,脑袋还在放空,看着天花板的顶灯,身体却已经快大脑一步过去拿起了开始振动的手机。

陌生号码来电。

她抿了抿唇,两次深呼吸后按下接听。

"喂?"

"念念,是我。"

柯新的声音压低之后从听筒传出来有一点失真感,安念念咽了口唾沫,唾液对颤抖的声带起不到任何安抚作用。

"柯新?"

"对,我刚看见你的微博了,你还好吗?"

男人的声音极尽柔情,一丝沙哑中又透着些许沧桑与疲惫。

浪漫过敏

"说实话,我也很想回到大学那段时光,无忧无虑的,什么都不用想,只要想着今天你想吃什么然后从食堂给你买了送到寝室楼下就够了。"

"那个时候环境很单纯,我们也是……不过我真的很高兴,念念你还和大学的时候一样单纯。"

"单纯?什么意思?"安念念问。

"我都知道了,念念,阙濯把你推出去给他当挡箭牌了对不对?"柯新说到这里,声音显出几分得意,"我早就知道他这种人,这种只知道赚钱的商人,他们的脑子里只有算计,根本不可能对你付出真心的。"

"真心?"她闻言笑了一声,"柯新,我只想问你,这一切都是你做的吗?"

"那个你不用管,你只要知道我都给你安排好了,你离开阙濯正好,我在东成科技给你安排了一个好职位,你可以直接来当我的秘书,一切待遇都和你在阙濯身边时一样……念念,我真的很想你,你回来我这里好吗?"

大概是笃定安念念因为泄密的事情离职之后很难在业内继续立足,明明安念念还没表态,柯新的语气已经逐渐放松下来。

"这么说,你在东成现在过得很好?连秘书都可以为你配了。"安念念轻笑一声,"飞黄腾达了呀,柯新。"

"还好,毕竟我是带着技术来的。"柯新没有听出安念念的言外之意,"念念,你再等我一阵,我这边安定下来我马上过去接你入职。"

第七章 危 机

"柯新，我丢了工作，我很慌。"

安念念垂下眼眸，语气轻弱而无助："你能跟我见一面吗，我有点想见你。"

那头的柯新这次沉默了一会儿，才缓缓开口："还不行，念念，你再等我一阵，我会去找你的，你再等我一阵。"

他还是谨慎的，怕阙濯是在拿安念念为饵引蛇出洞。

毕竟当初他跟着梁鸿博过去的时候也签了保密协议，如果不是上次阙濯实在令他愤怒又厌恶，柯新觉得自己不会做到玉石俱焚这一步。

"那你现在在哪里？还安全吗？"

安念念的问题迅速抚慰了柯新的心，他嘴角止不住上扬："念念，你还喜欢我，对吗？"

他几乎迫不及待地再一次向安念念确认："念念，你和阙濯只是逢场作戏，对吗？"

这回不等安念念回答，一直在监听两人电话内容的阙濯就忍不住直接把安念念的电话抢过来把电话挂了。

安念念："……"

阙总，有些沉不住气了吧。

"怎么样？"

阙濯的目光落在安念念身边的警察身上，就看其中一名警察站起来朝他点头："区和街道位置已经锁定了，您放心，我们已经通知了附近的派出所准备设卡拦截，他跑不了。"

"好，这次麻烦你们了。"阙濯朝警察伸出手去，"之后务必赏

浪漫过敏

光来吃顿饭。"

"不客气不客气，这都是我们应该做的。"警察说完又笑着看向安念念，"这东西定位主要就是看时间，只要时间足就不难，也多亏安小姐，给我们拖了这么长的时间。"

阙濯闻言斜了安念念一眼，意味深长："是啊，安秘书确实挺有办法。"

安念念莫名背后一凉，下意识缩了缩脖子。

一群警察走了七七八八，剩下那两三个估计也是嗅出这两人之间不太对劲，找了个借口搬着仪器跑客厅干活去了。

安念念刚才打电话的时候就感觉阙濯的眼刀子一直往她身上刮，现在独处更是瑟瑟发抖，满脑子搜寻着说点什么好听话让阙总的情绪不要这么紧绷。

"那个……真想不到阙总这么料事如神，竟然知道柯新之后还会联系我……"

那天吃完夜宵，阙濯就主动提出让安念念回去休息几天，可把她给吓坏了，以为自己暴露得这么快，刚想着要克制自己不能暴露对阙濯那点念头，马上就被炒鱿鱼了。

阙濯当时看着她慌乱的样子都没忍住笑了，然后才告诉她，他已经报了警，这几天她的工作就是在家里等柯新的电话。

虽然当时安念念真不觉得柯新还会再回头来联系她，毕竟以一个正常人的脑回路，即便她真的还对他有感觉，此刻也应该彻底决裂，而不是和好。

可一切还真被阙濯说中了。

第七章 危 机

"没想到阙总对男人的心理也研究得那么透彻,我真是甘拜下风,五体投地,我现在只有最后一个问题!"

阙濯耐着性子:"说。"

"现在抓住柯新……还有用吗?"

技术和资源已经外流,柯新当然还是要抓,但柯新给公司造成的损失已经是不可挽回的既定事实了。

"有用。"阙濯说完,目光扫了一眼门外正在与外勤打协作的刑警们:"你要是好奇,等他们走了吃夜宵的时候我跟你讲讲。"

"哦,好的。"

安念念像是条件反射地机械式答应,应完才后知后觉地反应过来——

嗯?什么时候约好要吃夜宵了?

不过安念念点夜宵的时候心情还是挺雀跃的。

诚然有人请客是一方面,另一方面是她也想和阙濯多待一会,多学一点东西,哪怕这些东西暂时和她的本职工作没啥关系。

自从那天阙濯安慰她说她没有错开始,安念念突然就有了一个奇妙的上进的念头。

现在的她毫不起眼,谁都可以替代,但假如她变得重要,变得不可取代了呢?

想到有朝一日阙濯发现自己的位置正在被下属觊觎,还不得不忍气吞声假装什么都不知道的样子,安念念心里忍不住一阵暗爽。

浪漫过敏

在这休假的两天里她甚至已经悄悄地买了一些金融和管理的书,准备给自己充充电。

最近这两天,安念念麻辣烫吃多了,点夜宵的时候毫不犹豫地选择了烧烤,本来想着和在场几个刑警分吃,不仅点了很多,还点了一堆饮料啤酒。

结果那头一传来好消息这些刑警就赶紧撤了,安念念拿外卖的时候看着老板给的七八双筷子风中凌乱。

阙濯看她从外卖小哥手中接了一袋又一袋,直到看不下去帮了把手:"安秘书,我随时都可以请你吃饭,你不用这么激动。"

"……"

安念念寻思自己现在在阙濯眼里就是个瞅着机会占便宜的人,立马有点紧张地解释了一句:"我本来以为他们也会留下来吃的……"

阙濯看她那好似小学生准备接受班主任批评的样子就好笑,他单手拎着一堆烧烤店塑料袋,另一只手把她额头翘起来的一缕头发给捋顺。

"你挑几盒喜欢的出来,剩下的我再补一些一起让鲍勃送到局里去。"

鲍勃也是他的特助之一。

虽说他这名字听着跟个英文名似的,实际上就是姓鲍,单名勃勃生机的勃。要单就寓意来说其实没什么毛病,但鲍勃还是觉得太过愚蠢,只让别人喊他小鲍。

第七章 危 机

安念念屁颠屁颠地跟在阙濯身后进了厨房，一边还在傻乐呵，寻思阙濯这人是真靠谱，总能化危机为转机，最后平稳落地。

"对了，听说柯新已经找到了，你不用过去吗？"

"不用。"阙濯心里对安念念的喜好也大概有数，挑了几盒肉多的，然后选了两盒蔬菜，就把剩下的放回了保温袋里，"柯新怎么样从来都不重要，这个技术的核心一直都是梁鸿博。股东们忌惮的是东成科技捷足先登，东成造势之后产品概念已经初步进入大众视野，一旦形成东成先我们后的印象，我们的品牌就需要付出更多的努力和成本才能打入市场。"

爱情不分先来后到，可市场确实是分的。

安念念点点头表示明白："但是柯新还是要抓的。"

而且下场一定会很惨，这叫杀鸡儆猴。

阙濯看了她一眼，知道她已经明白："对。"

其实柯新的背叛并不高明，阙濯甚至不需要对他动用人脉去封杀他，只用最光明正大的法律武器便足以将他制裁。

"但是东成科技没有出面吗？"看起来东成对柯新很器重。

"也许如果前几天我要抓柯新，东成会出面干预，但现在不会了。"阙濯拎出一瓶啤酒拉开拉环放到安念念手边，"东成已经在前天和我们达成了合作关系，有了梁鸿博的技术支持，他们还有时间再去搭理柯新吗？"

安念念都傻了，想拍个马屁都没来得及，崇拜两个字占领了大脑。

果然在商场上没有永远的朋友，也没有永远的敌人，只有永

浪漫过敏

远的利益。

总之合作关系暂且是谈下来了，对柯新的制裁也指日可待，公司的危机变成了新的转机，至于之后阙濯是怎么在与东成科技的合作中博弈厮杀最终甩掉合作伙伴带领企业吞噬掉 90% 以上市场份额，那就又是另一段故事了。

安念念就着男人的磁性声线喝了两罐啤酒，当下那真是鸡皮疙瘩冒了一身，对阙濯五体投地的敬佩中又伴随着些许对自己未来的担忧。

阙濯这人简直是个人精啊，万一发现她现在已经开始觊觎他这个人，那岂不是要被他直接沉江了？

吃完夜宵，阙濯很自然地问了一句："我的睡衣在哪儿？"

上次他来借宿的时候确实是备了两套睡衣在这儿，他走后安念念也没敢扔，就放在衣柜的角落。现在听他这么说，安念念赶紧去找。

在安念念找睡衣的工夫，阙濯已经洗了脸刷了牙，然后看着自己的纯黑色电动牙刷旁边还立着一个傻傻的番茄头，开始思索那天负责给安念念采买的到底是谁。

她拿着睡衣进浴室的时候正好看见阙濯在与架子上的番茄对视，就指着它赞美了一句："我真的超喜欢这种傻傻的东西，感觉刷牙的时候心情都变好了。"

"……"

这话一出，阙濯突然心情有点复杂——假如有朝一日安念念真的对他的感情有所回应，他现在想想那一刻恐怕也并不是很

第七章 危 机

开心。

安念念把两人吃完后的盒子和啤酒瓶收拾了一下，然后把准备要给出去的东西交给上门来取货的鲍勃。

这几天一堆的事情可把鲍勃给累坏了，但他疲惫的脸上依旧流露出对八卦止不住的兴奋："你俩终于……？"

猜到了鲍勃想问什么，安念念脸一红，赶紧把保温袋往鲍勃怀里一塞，扔下一句"阙总早走了！"就关上了门。

鲍勃下楼的时候还寻思，阙总都走了，那玄关的皮鞋是谁的？

那头阙濯洗完澡出来，就看安念念红着脸站在玄关附近不知道在想什么，他走过去顺带扫了一眼厨房："鲍勃来过了？"

安念念点点头，又紧张兮兮地抬头看他："他好像有点误会了，会不会给您带来麻烦？"

"误会什么？"

"他肯定以为……"安念念话到嘴边还不忘留三分，压低声音生怕被人听见似的，"咱们两个在一起了！"

"……"

阙濯觉得如果以后告诉安念念她的情商还不如特助团那群男人，她大受打击的表情应该挺有意思的。

他一边想一边盯着她看了一会儿，然后还是轻轻地叹了口气，宽慰似的跟她说："去洗澡吧。"

之后阙濯又在她那住了两天，就直接给安念念放了春节假。

拖着行李箱从高铁站走出来的时候安念念自己还觉得挺不可思议的，她去年叮是大年三十当天才从公司赶往高铁站。

浪漫过敏

去年的经历让安念念对阙濯给她提前放假这件事的感想只有四个字：难以置信。以至于她之后还确认了好几遍——真的可以走吗？

听阙濯那意思其实也算正常，他说反正距离春节假也没几天了，鲍勃最近顶下她秘书的工作，做得也像模像样，就干脆让他顶到春节。

鲍勃听了人都哭了。

不过不管鲍勃哭不哭，总之安念念是先回家了，而且她回家之前甚至都没有跟父母打电话，准备来一招出其不意给他们一个惊喜。

结果这惊喜还没送到，安念念就先吃了一记闭门羹。

她的亲爹亲妈，竟然统统不在家。

安念念傻了，她掏出钥匙想自己自立自强，却想起年初的时候她爹给家里换了新的智能锁，因为她一直没回家也没录入她的指纹。

这可就抓瞎了。

她寻思这两个人不会是去逛超市买年货了吧，就站门口吸着鼻涕给亲爹打电话，岂料电话过了好久才接通，接通后那头传来了亲爹非常悠闲的声音："怎么了闺女，怎么突然想起给爸爸打电话了？"

安念念听这声音心里头就预感不妙："爸我在家门口呢，您和我妈怎么不在家啊？"

"……"这回轮到电话那头的安父沉默了，"你不是说你今

第七章 危 机

年春节不回家了吗,我就和你妈寻思出来找个暖和点的地方度个假呗……"

"……"

安念念深吸一口气:"那你们去哪儿度假了?"

"夏威夷啊。"

"……"那还真是挺暖和的哈。

她头都疼了,好不容易按照亲爹发来的密码开了门,第一件事就是先把暖气打开,然后蜷缩在沙发上一边发抖一边打开手机看外卖。

按照她爸那意思两人是跟团去的,之后还要去几个周边城市,估计怎么样也要年初五再回来,这几天安念念就自己凑合活,等他们回来再给安念念做好吃的。

挂了电话之后安念念满脑子就只剩俩字:就这?

但日子还是要过,外卖还是要吃的。安念念眼看着室温起来了,烧烤也到了,她一边吃一边跟祁小沫吐槽,为她送去春节前第一批新鲜笑料。

那头祁小沫也确实笑了足足半小时,然后总结:"你这家庭真不错,你爸妈是真爱,你只是意外。"

祁小沫这话说得还真没错,安念念自小就是家里的食物链最底层。她看着父母腻腻歪歪,是爸爸眼里最大的电灯泡,夫妻俩没事儿就把她往外面赶,上学之后更是用各种补习班让她被动沉迷学习无法自拔,最后还真不费劲地考上了个211。

虽然父爱和母爱有少量的缺失,不过安念念受父母影响,小

浪漫过敏

时候就特别向往爱情,向往也有一个人能像爸爸对妈妈那样对她,然后她可以从恋爱直接走到结婚,与那个人携手白头。

直到遇到柯新,安念念差点直接快进到了不婚主义。

"对了。"还好祁小沫的声音把安念念从对黑历史的回忆中及时地拽了出去,"既然你提前放春节假了,那我们这个春节的小聚是不是可以再一次提上日程了?本来我跟双儿都说好了,你又说你今年没有春节假了,可把她遗憾坏了。"

"行啊!"

本来,就算祁小沫不说,安念念也想趁这几天找一找赵双的。当年她们三个和琴琴不光是同届、同专业、同寝室,竟然还是同市,这种巧合让她们四个人一下就好得像姐妹,后来琴琴的事儿闹起来了,赵双也坚决地站在了安念念这边,只可惜毕业后赵双回到了老家工作,和安念念、祁小沫只有春节才有机会见面。

每年春节三个人的聚会几乎是雷打不动,这也是安念念期待回家的一部分原因。

"听说双儿也找了个男朋友,又高又帅的——哎,你说我们吃什么好啊?"

"我们这一年没回来了,哪知道哪里好吃啊,要不直接滴滴她打个多人语音呗……"

友情有的时候就是这样,哪怕长时间不联系,但一旦联系起来又没有一点陌生感,大家熟稔得仿佛昨天才刚刚见过面。

定下小聚的地点之后安念念简直兴奋得不行,蹦蹦跳跳地进了浴室。

第七章 危 机

那头依旧在公司奋斗在加班第一线的阙濯却不知不觉又点开了安念念的朋友圈,正好看见她几个小时前刚更新的一条:果然我爸妈才是真爱,我只是个意外,我在家过春节我爸带我妈去夏威夷,落泪了,空巢老人在线请求有什么聚会务必带上我,球球(求求)了!

他拨通桌上的内线电话叫醒外面依旧奋斗在秘书岗上的鲍勃:

"帮我订一张机票,嗯,春节假前一天夜里的。"

"……"

您这也太迫不及待了吧,阙总。

闺密聚会定在大年二十九,正好也不耽误祁小沫和赵双两人吃年夜饭。

那天祁小沫一早出了高铁站,家都没回直接先奔安念念这儿来了,赵双那天还要上班,只偶尔在微信上和她们有一搭没一搭地扯闲篇儿,眼看时间到了下午,也差不多该准备出门的当口,赵双的语音电话却打了过来。

安念念还在化妆,祁小沫快一步把电话接起按下了免提,然后笑嘻嘻地问那头的赵双:"双儿怎么了,除了要放鸽子我们一切好商量。"

"不是要放鸽子啦,想哪儿去了……"

赵双的声音听起来却有些为难和犹豫,语速也不自觉地放慢。安念念和祁小沫对视了一眼,两人都意识到赵双应该是遇到了什么事。

浪漫过敏

"怎么了双儿,你遇到什么事了吗?"安念念也放下手上的眉笔凑了过去,"要是老板抓你加班也没事,我们可以等你。"

反正明天也是休息,安念念和祁小沫今天本来也做好了晚睡的打算。

"不是……"

可那头赵双的语气却依旧犹豫。

"是这样的,我一直没跟你们说,其实我现在工作的地方……是琴琴那个男朋友的分公司,我也是最近才知道,因为年底清算的时候老板才带琴琴一起来露了个脸……总之,琴琴她一定要跟着我来今晚的聚会……"

话说到这里,安念念已经明白了。

在大学时这个年前的聚会本来是四个人的,所以琴琴自然知道她们年前肯定会聚。但赵双如果不答应,以后的职场生活恐怕是会有些难受了。

站在打工人的立场上,安念念完全能够理解赵双的考虑,只是对琴琴的穷追猛打实在难以理解。

琴琴已经得到了想要的一切,到底为什么还是不肯放过她?

"没事,你带她来吧。"祁小沫看着安念念变得复杂的表情,先一步做出了决定,"大过年的,她想找不痛快我也拦不住她。"

挂了语音通话之后,祁小沫立刻起身开始翻安念念的化妆包,安念念一头雾水:"你干什么?"

"什么干什么!"祁小沫一把打掉安念念的手,"我不管琴琴

第七章 危 机

到底想玩什么花招,今晚你必须是最美的!"

晚上七点,安念念和祁小沫准时到了约定的餐厅,赵双已经提前到了,就在门口等她们。

见到两人,赵双也是满脸抱歉:"真的对不起……我确实事先不知道……"

"没事儿。"琴琴和那个中年男人的关系之前一直很隐秘,安念念想想自己也是之前听祁小沫八卦才知道的,赵双不知情也情有可原,"他们到了吗?"

"嗯,琴琴和她男朋友都在里面呢……"

赵双话音未落,另一个方向就传来女人无比甜美的声音:"念念,小沫,你们来啦,我和双儿也刚到。"

安念念循声望去,正好看到琴琴盛装打扮了一番,朝她们款款走来,而她身上那条连衣裙正是之前和安念念在商场碰到时买下的那一条同款。

只不过她长相偏甜美可爱,身材又是娇小纤细的类型,纵使为了增加成熟感烫了一头波浪卷发,可配上这么一条简约的裙子,看上去并不怎么和谐。

但好不好看放一边,安念念知道琴琴就只是为了恶心她才这样,而她因为早就把那条裙子退了,现在看着这条裙子心想还好当时没买,去掉商场滤镜之后真是平平无奇。

而祁小沫看见琴琴之后说出口的第一句话就已经忍不住夹枪带棒:"琴琴,你这裙子是谁给你选的啊,把你衬老了至少五岁,下次可千万别跟他逛街了。"

浪漫过敏

琴琴沉默两秒笑了笑:"是念念给我选的呀,是不是,念念?"

这听得人拳头都硬了,安念念站原地想了想,学着琴琴的样子扬起笑容:"人嘛,有的时候难免会看走眼,你说是吧?"

这饭还没吃,火药味儿已经浓得不行了,还好琴琴的中年男友大概是觉得这出来接人接得有点儿太久了,主动来找,才算是打破了几人之间的僵局。

饭桌上,琴琴又开始说起男友有多爱她,对她有多好,连带着把手上的腕表、耳朵上的耳环以及一系列项链戒指等首饰又炫耀了一遍,炫耀完又开始旁敲侧击地打听:"对了,念念和阙总最近怎么样了,最近我们好忙,本来应该和我男朋友去拜访,感谢一下阙总上次赏光的。"

"那当然挺好的了,阙总特别爱念念,黏得不得了呢。"这回还不等安念念回答,祁小沫已经先坐不住了,"这不是还提前给她放了春节假,体贴死了,我每天吃柠檬都能吃饱。"

"……"

安念念寻思这人可真敢说,就见对面的琴琴满脸开心:"真的吗?那太好了,正好上次我们还没来得及和阙总说谢谢,能不能请念念打个电话给阙总,也正好让我们在这远程给他拜个年啊?"

得,牛直接给吹过了。

安念念寻思着今天是公司最后一天上班,以阙濯的个性估计现在还在办公室挑灯夜战,他这人最讨厌别人在工作时打扰,现

第七章 危 机

在她一个电话打过去拜年那不是找骂吗?

岂料这头安念念还没说话,祁小沫豪迈地一拍桌子:"打就打!"

安念念看着祁小沫傻眼了,祁小沫却对着她一通挤眉弄眼,那意思安念念领会了一下,大概是在说:不争馒头争口气,大不了事后写检讨。

"……"

这也太赶鸭子上架了吧。安念念眼看被赶上了架,在餐桌上四双眼睛的注视下硬着头皮开起免提拨通了阙濯的电话,心里祈祷着千万别接。

结果事与愿违,电话只响了一声就被接了起来,而且那头有点吵,并不像是在公司,能听见远远的人声和风声。

安念念心里暗叫不好,思忖着这阙濯不会是在外面应酬吧,万一在关键时刻被她捣乱捣黄了,她可真得卷铺盖走人了。

"喂?"

男人醇厚的低音经过外放也依旧悦耳,安念念一抬头正对上琴琴审视的目光,一咬牙便还是问了一句:"在忙吗?"

"没有,怎么了?"

"那个……是这样的,我今晚和我几个朋友在外面吃饭,她们知道我今年受了你很多照顾,都挺想祝你春节快乐的,所以……"

安念念绞尽脑汁想找一个尽量正大光明一些的理由,却听那头阙濯轻描淡写地"嗯"了一声:"那正好,我刚下飞机,现

浪漫过敏

在在你们市的机场。电话拜年就省了,你们在哪儿吃饭,我现在过去。"

"……"

啊?

阙濯来了?

第八章

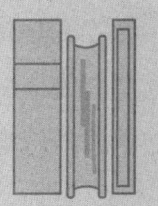

终成眷属

安念念被震惊了。

阙濯来她老家了？来干什么？出差？

她不过就脱离工作环境那么一小会儿，就已经完全把握不住老板的行踪了吗？！

显然桌上剩下几个人也和她一样震惊。安念念稀里糊涂地应下然后挂了电话，就听身旁的祁小沫用无比夸张的语气"哇"了一声："天呐，他竟然直接来了，这是来见家长的吗？"

然而安念念从她的眼神中也只能读出"什么情况？"这一点点简单而又直接的信息。

"哇，念念，看来阙总真的很爱你。"琴琴当然也没想到事情会是这么一个展开，但她的心理素质与演员素养显然比祁小沫要好得多，就连感叹的语气听起来也很自然，"那正好呀，你把这里的定位发给他，我再去加两个菜，他喜欢吃什么？"

安念念几乎是想也没想："杭椒牛柳来一个吧，再来个松子鱼，谢谢。"

事态紧急，琴琴既然自发地想当服务生她也管不着。安念念

第八章 终成眷属

给阙濯发完定位之后那手指头在手机屏幕上都敲出了虚影。

安念念：阙总，阙总您这一路辛苦吧？

安念念：您什么时候到的啊怎么也不提前通知一声我好去接您啊！

安念念：酒店订好了吗我现在帮您订啊！

马屁三连发出去之后，安念念又赶紧开始看酒店，一看见微信有推送，立刻点进去，就看见阙濯回了她：你不是说我到你这儿你全包吗？

好像是有这么回事来着。安念念隐约有点印象，但这不就是一句客套话，阙濯这商场老油条还能听不出来？

得！但无论如何安念念还是飞速把酒店给阙濯订了，然后准备下楼接人。

然而就在她下楼的路上，琴琴也跟了上来，还亲昵地挽上了安念念的手："念念，你上次都没跟我说，你和阙总是怎么认识的呀？"

安念念不着痕迹地摆脱掉她的手："哦，我没跟你说吗，我是他的秘书。"

"哇，办公室恋情啊，好浪漫哦！"

琴琴就这么缠在安念念身边问东问西，确实让人心情好不起来。好在这城市不大，从机场到市中心也不过就二三十分钟路程，阙濯来得很快。

他在一身深灰色长毛呢大衣外又套了一件黑色长羽绒外套，风尘仆仆地从出租车上下来，安念念习惯性地想帮他打开后备厢

浪漫过敏

拿行李，就被他拉住："什么也没带，别拿了。"

行李都没有？

这是一结束手头上的工作就来了啊。

阙濯很少有这么准备不周的时候。可安念念还没来得及说话，琴琴就已经先忍不住接话道："阙总是不是迫不及待来见念念啦，你们这感情也太好了吧！"

安念念听着心里一惊，生怕阙濯听出点什么端倪，可他却没接话，好似默认，然后朝琴琴客气地伸出手："王太太。"

"哎呀，不用叫我王太太啦，我们只是订婚而已，而且我可是念念的朋友。"琴琴与阙濯握手时又弯起眼朝他努力绽放出自己最灿烂甜美的笑容，"叫我琴琴就好啦！"

"那样恐怕王先生得吃醋了。"阙濯轻描淡写地说完后抽回手，又将目光看向安念念，"走吧，让我去跟你的朋友们拜个年。"

他就站在安念念身前，身上的羽绒服上隐约可见几个雪花融化后显出的深色水点，身后路灯的光给他身体的轮廓镀上了一层柔和的金边——像极了下凡拯救她这个俗人的天神。

老天啊，不管你存不存在，真的，真的谢谢你把阙濯带到了我身边。

要不是碍于琴琴在，安念念是真想抱着阙濯的大腿一把鼻涕一把眼泪地哭上一场再说。

祁小沫坐在座位上翘首以盼了半天，总算把人给盼来了，只看了一眼就一个箭步冲过去把安念念挡在门外，等包厢门关上后恨不得薅住她的衣领咆哮："这也太帅了吧，泡他，安念念我命令

第八章 终成眷属

你一定要泡到手！"

"……"安念念有片刻语塞，"激动啥呢沫姐，又不是没见过！"

"我说实话，那晚但凡光线好一点点，我都不能让阙濯送你回去。"祁小沫捂胸作痛心疾首状，"你这不肯定见色起意？"

这话安念念立马就不爱听了："那你还挺瞧得起我的！"

"好好好，我不跟你说这些！"祁小沫一把打断她的话，"你看现在是什么时候，大年二十九，他大老远来找你，我不信对你没意思。你要抓不住这个机会，你以后就不是我姐妹了，我俩从此恩断义绝！"

"……"

这怎么三两句话的时间里，事情就这么严重了。

安念念感觉这事儿好像大了，到时候阙濯追不到姐妹也没了。她忧心忡忡地推开包厢门回座，就正好看到琴琴起身给阙濯倒酒，顺势俯下身秀了一波事业线。

"阙总可以尝尝这家店的梅酒，度数不高，喝着玩玩。"

琴琴的声音像要挤出蜜似的甜，阙濯脸上却没什么表情，就连目光也很冷淡，从始至终礼貌地看着琴琴的脸，等酒倒满后也只淡淡道谢，甚至都没有要端起酒杯喝的意思。

女友这前后的反差自然导致中年男人脸色不太好看，却碍于阙濯在场也没说什么。见安念念回来，琴琴立刻也给她的杯子里满上一半，然后朝她弯起眼睛笑："念念，你们俩在外面说什么悄悄话呢，干什么躲着我们呀？"

浪漫过敏

"我在说阙总好久不见,长得更帅了。"祁小沫率先回座,"阙总,不地道啊,把我们家念念追走了也不请我们这群娘家人吃个饭。"

你这就自封娘家人了吗!

安念念入座的时候刚好听见祁小沫这么一句,差点儿没坐稳,她瞪圆了眼睛看着祁小沫,就看她朝自己快速地吐了吐舌头。

安念念心想这下要糟,阙濯以前出去应酬的时候也经常遇到些不合时宜的玩笑,比如要把哪个老板的女儿介绍给他之类的,但阙濯从来都不接招。

正这么想着,阙濯就若有所思地点点头:"也是,那今天这顿先算我的,过两天再找一个各位都有空的时间再聚一次。"

接得也太顺了吧?!

安念念有点傻眼,阙濯这人就是凭实力不给面子的典范,应酬的时候哪怕是公司的大客户说了什么让他不快的话,他脸也说冷就冷,什么时候这么给人面子过?

琴琴的表情有一瞬间的僵硬,却立刻又涌出更加热情的笑容:"那今天既然阙总都远道而来,就干脆让我们八卦八卦过个瘾嘛,听念念说你们是办公室恋情,那是什么时候开始的呀?"

闻言,阙濯侧过头看了安念念一眼,安念念赶紧心虚地低下头去,然后拿起手机悄悄地给阙濯发了个微信:阙总对不起,我在朋友面前吹牛了,求您帮帮我,我事后做牛做马为奴为婢也要报答您!

阙濯的手机屏幕亮起,他扫了一眼,面无表情地拿起手机挑

第八章 终成眷属

了他最感兴趣的四个字进行了回复：做牛做马？

按下发送的同时，他重新将无波的目光投向对面挽发的琴琴。

"今年十月下旬开始的，大概是二十一号前后。"

好具体啊。安念念其实都不太记得十月二十一号到底发生了什么事，不过现代社会有一点好处，自己不记得的事情，手机会帮着记。

"哇，纪念日记得这么清楚吗，好浪漫哦……那你们是谁追的谁呀？"

那头琴琴还在问，安念念却在桌下悄悄地翻起了微信聊天记录。

当她点开十月二十一号那天的聊天记录时，顿时一道闪雷在她后脑勺炸响——那天竟然就是她喝断片了打电话把阙濯叫来的日子。

"是我追她。"

安念念侧头对上阙濯的目光，露出一个看似羞赧的笑，内心却已经翻江倒海、五味杂陈。

果然，那次的事情还是给阙濯留下了一些心理阴影，让他永远记住了那个黑暗的日子。

受害者永远铭记，而加害者早已忘却。

安念念啊安念念，你真是太过分了，以后不对阙濯好点你就简直不是个人！

"那，阙总你最喜欢我们念念哪一点啊？"

对面的琴琴把波浪卷的长发拨到耳后，一双大眼睛直勾勾

浪漫过敏

地看着阙濯一眨一眨的,安念念却在桌下接着给他发微信:阙总……QAQ

看得出她有多愧疚无措,就连"QAQ"都发出来了,阙濯还没来得及问"QAQ"是什么意思,就看见安念念的微信接二连三地又发过来了。

安念念:您最近身体还好吗?

安念念:我能为您做点什么吗?

安念念:要不然我给您洗两件衣服炒两个菜吧!

阙濯:?

再放任她一个人说下去恐怕马上就要给他推轮椅了。

他抿抿唇,心里在思忖安念念是不是又做了什么亏心事急于讨好他,面上却将情绪敛得干净,回答也是滴水不漏:"没有想过这个问题,就是不知不觉被吸引了。"

安念念看着阙濯发来的那个问号,又听阙濯还在给她圆谎,内心真是波澜起伏,感觉这人身体周围都要散发出圣人的光辉。

"哇,不知不觉被吸引,太苏了吧!"祁小沫顺势也加入战局,"不过咱们也不能逮着一只羊薅羊毛啊,既然要八卦,我也特想知道琴琴你和你男朋友是怎么认识的?"

祁小沫这话是真狠,直接打蛇打七寸,就连旁边的赵双都轻轻地"嘶"了一声,抬头用眼神示意祁小沫收着点儿,稍微留一线。

"干什么啊小沫,你说这话是什么意思。"

刚刚还言笑晏晏的琴琴脸上笑意立刻淡了两分,她先是看了

第八章 终成眷属

一旁似乎并不准备搭腔的男友一眼,又朝祁小沫努努嘴撒娇道:"有点过分哦,明知道我和我男朋友的相遇没有阙总和念念那么浪漫。"

趁琴琴的注意力被转移,阙濯又回了安念念一句:想报答我?

安念念赶紧打字:那必须的,我做牛做马都唯恐报答不了您的恩情!

阙濯面不改色:那这几天带我在你家好好玩玩儿。

安念念:那必须的啊,我今晚就回去做一个初步的导游企划,包您满意!

那头祁小沫和琴琴在桌上你一言我一语斗得有来有回,这头这两人用微信在桌下你一句我一句聊得如火如荼。

聊了一会儿,阙濯看了一眼时间,给安念念发消息:我出去结账。

他道了声"失陪",起身出去。

安念念眼看着琴琴加点的两道菜他几乎都没动,秉持着不能浪费粮食的做人准则忍不住又吃了几口。

其实这家店的菜还是挺好吃的,只不过安念念之前也没什么心情吃饭,到现在才品出食物的味道。

可她还没吃上两筷子就被祁小沫的肘击打醒:"你还在这吃,你猪啊你,你看琴琴都悄悄跟出去了!"

安念念抬头一看,琴琴的座位上确实是空了,不仅如此,她那男朋友的座位也空了,整个大桌子上就只剩她、祁小沫和赵双。

浪漫过敏

赵双也被饭桌上的尴尬气氛和火药味儿给打蔫了，一顿饭没怎么吃，安念念跟她约好过两天再聚，就出了包厢。

这餐厅不是很大，二楼都是包厢，安念念几乎是一眼就发现了站在洗手台前洗手的阙濯。

还有他身旁巧笑倩兮的琴琴。

两人似乎在说话，但安念念站得远，什么也听不清。阙濯背对着包厢，只留给她一个颀长的背影，她只看见琴琴刚刚补过妆的双唇一张一合，一双眼睛弯得跟月牙似的甜得都要渗出蜜来。

看着琴琴那样的笑容，很多往事一下涌入脑海，感性在催促着安念念走过去听一听琴琴到底在开心什么，但理性却在这个时候产生了一种不合时宜的怯懦。

她突然有点害怕其实阙濯和琴琴早在她不知道的时候看对了眼，抑或是阙濯从包厢出来就是为了和琴琴在那里见面。

安念念的好奇心在瞬间被磨灭得干干净净，但就在她呆站原地乱想的时候，琴琴已经朝这边看了过来，安念念只得硬着头皮走上前，站在阙濯的身边拧开了水龙头。

"那我先走啦，阙总。"琴琴却刻意等到安念念走过来才朝阙濯歪了歪脑袋告别，"刚才的事就是我们之间的小秘密哦。"

安念念知道琴琴绝对是故意等到自己走过来才说了那么一句暧昧不清的话。可更让安念念生气的是阙濯的沉默，她知道自己似乎没什么立场生气，但急火攻心之下竟就那么红了眼眶。

还小秘密！

阙濯早就洗完了手关上了水龙头，安念念故意磨蹭着想等他

第八章 终成眷属

先走,自己静静平复一下心情再回去,却不料阙濯硬是在旁边站着等她把手洗完。

安念念简直烦死了,她在心中将"不生气不生气,别人生气我不气"默念了五遍,才总算把眼泪给憋了回去。

"阙总您待会儿怎么走?"

阙濯看着她微微发红的眼眶,只平淡地抬腕看了一眼时间:"等你和我一起吧,我不知道酒店在哪里。"

哦。

安念念简直恨不得去外面团个直径一米的大雪球往阙濯脸上砸,她站在原地告诉自己,一定要忍住一定要忍住,钱多事少离家近、六险二金、法定节假、加班三倍工资、一年十五薪……

算了不忍了,大不了跳槽。

"您刚才和琴琴说了什么?什么小秘密?"

她是抱着破釜沉舟的决心说出这句话的,手躲在毛衣袖子里都攥成了拳,语气也有些硬。

话一出口,安念念又习惯性地心虚了一下,转念一想又觉得都到这份上了还怕阙濯生气的自己真是厌狗一条。

可阙濯那张脸上却丝毫不见怒意,甚至看着安念念微怒的表情竟浮现出些许笑意。

他还敢笑,他还敢笑,他还敢笑!就在安念念马上就要生气的前一秒,阙濯俯下身拉起她的手,用掌心托着她的手掌,把刚才另一个女人在谈话间悄悄塞进他口袋的一张硬质卡片放进了安念念的手掌心里。

"这个,就是她说的秘密。"

安念念定睛一看,只见掌心赫然躺着一张酒店房卡。

这回阙濯倒是坦荡了,安念念这手里却跟多了一烫手山芋似的,可还不等她问,就看阙濯又把那卡抽了回去。

安念念几乎咬碎一口后槽牙,她感觉自己就像一条恶犬,瞪着阙濯的眼神很凶狠,语气也同样恶劣:"祝您有个美好的夜晚,要我去帮您买东西吗?"

阙濯被怼了一句,嘴角的弧度却再一次扩大,显然心情不错。

"不急,待会儿我们可以一起去买。"他往包厢的方向看了一眼,"现在先去物归原主。"

嗯?

安念念的心情顿时因为阙濯那句"待会儿我们可以一起去买"喜上眉梢,又因为他后面那句话找到了另一个盲点急转直下。

"等一下,你要还刚才怎么不直接还?"

现在想起来要还了,不是真猪就是真狗!

这问题阙濯还真没法回答——他怎么可能好意思说,刚才镜子里安念念那副又急又气还在忍耐与爆发的边缘徘徊的样子,真的让他很难不想多看一会。

就连阙濯也不得不承认,自己那一瞬间是真恶趣味。

至于琴琴到底说了什么,阙濯还真没太注意,不过也无所谓,他对无关紧要的人从来没有好奇心。

他直接放弃了解释,转而顺势拉住安念念的手,强行无视掉了她小小的挣扎,把人带到包厢前。

第八章　终成眷属

琴琴的男友大概是刚出去抽了支烟，现在已经回来了，琴琴乖乖地跟在他身后，手上还抱着男友的外套，关切的话也说出了一种撒娇的语气："你赶紧穿上，别一会儿又着凉了。"

嘴上在和自己的男友说话，但琴琴的目光却侧着看向阙濯，还朝他眨了眨眼。

中年男人"嗯"了一声，把衣服接到了自己手里，然后又去迎阙濯："阙总啊，今天真是我招待不周，本来是她说想要和几个姐妹聚一聚硬拉我过来，选了这么个不上档次的地方，这次你什么时候走，走之前我一定再请你一次。"

"暂时还没定，应该会多待几天。"阙濯说着松开了安念念的手，转而环住她的肩，"你的外套呢？"

祁小沫赶紧把安念念的外套递过去，却没有递到她本人手里，而是递给了阙濯，然后咧嘴笑得憨厚："嘿嘿，麻烦阙总了！"

安念念满脑子还惦记着房卡那事儿，看琴琴还能无比自然地对男友嘘寒问暖的样子简直汗毛倒竖，阙濯把外套给她披上之后看她还在原地发愣，又帮她拢了拢衣服："发什么愣，赶紧穿好。"

这话听着好似有点训斥的意思，但阙濯的语气却温柔得平生出几分宠溺感，听得祁小沫满脸姨母笑，蹿回赵双身边念叨着开春一定要谈恋爱。

男人哪知道刚发生了什么，还傻呵呵地跟阙濯约下次："年初五我准备先和她办个订婚宴，这次也是为了这件事才回来的，到时候还请阙总和安小姐务必赏光。"

阙濯点头："如果到时候还在的话，一定。"

浪漫过敏

看着安念念把衣服穿好,阙濯才从服务员手上接过自己的外套披上,然后牵起她的手和中年男人一前一后地下楼。

男人一边下楼一边掏卡,当从服务员口中得知阙濯已经结过账之后,他立刻回头看向阙濯,眼角每一条皱纹都洋溢着笑意:"下次一定我来,阙总可不能跟我再见外了。"

估计他是因为自己和阙濯有了人情往来而感到开心,好在阙濯现在手里拽着安念念的小手,心情也确实不错,对这种无用社交也充满了宽容与耐心:"王总客气了。"

两人就这么你客套来我寒暄去地走到门口,中年男人被外面的冬风一吹才想起另一个很重要的问题:"阙总定酒店了吗,需不需要我送你过去,正好我之前为了方便在这里租了一辆车。"

"不用,哦,不过倒是有件事。"阙濯把房卡拿出来交给对方的时候语气依旧无比平淡,"我的住处已经让念念帮我订下了,浪费了王太太的好意,抱歉。"

此话一出,就连周围跟着准备送客的服务员都不说话了,整个场面一下死寂下来,就连蔫了一晚上的赵双都一下精神了起来,眼睛睁得又大又圆。

这一下七八双眼睛盯着,琴琴那颗平日里算计颇多的脑子也瞬间卡了壳,用一脸难以置信的表情瞪着阙濯。

"啊?"

这房卡是纯黑色磨砂材质,四角烫金花纹,一看就是最高规格套房的配置。中年男人看着熟悉的卡片一下还没反应过来,先

第八章 终成眷属

是一脸迷惑地看一眼表情已经完全僵住的琴琴,而后在瞥见右下角那个陌生的房号时顿时黑了脸色。

安念念也没想到阙濯所谓的"物归原主"是这么个归法——这男人真是把自己商场上的行事手段完全带进了生活里。

简单来说就一个字——刚,而且刚得滴水不漏,让人找不出毛病,狡猾得不知让多少对手咬碎了后槽牙。

安念念睁圆了眼睛死死地盯着阙濯,满脸的难以置信。但与之相比,更好笑的还是祁小沫的反应。

只见祁小沫和赵双站在这对老夫少妻身后,想笑又不好意思笑出声,憋得满脸通红在那捶胸顿足之余还不忘给阙濯疯狂地竖大拇指点赞。

从她们仿佛大仇得报的雀跃表情中,安念念只读出一句话:阙总牛!

中年男人瞬间什么心情都没有了,沉着脸又简单地说了两句场面话就拽着琴琴离开了,祁小沫自是不必说,等他俩走后足足笑了十分钟才勉强直起腰来。

祁小沫拉着赵双的手,与安念念挥别:"好了我和双儿回去了,你们俩……看着办哈!"

"……"

好一个看着办。

安念念看着她俩上了出租车,目送车子远去的同时心里还在回味刚才那事儿。

阙濯看她一直站原地发愣,开口道:"走吧,先送你回去。"

浪漫过敏

虽然祁小沫和赵双是打车走的,但一提到送安念念回去,两人都很默契地开始在这冰天雪地的大冬天靠两条腿走回家。

安念念没走几步手就冷成了个冰棍儿,一边走一边哈气,还没哈上两口就被阙濯拽过去塞进了自己口袋。

实话实说,安念念以前没觉得自己的手小,但男人宽厚的掌心一下将她整只手包裹住,只留下一截短短的指尖。

她没敢多看阙濯一眼,因为想起刚才自己在洗手台那边唠唠叨叨了一大堆,实在太过羞耻,难怪阙濯那时候一直在笑,估计觉得她是个大笨蛋。

两人在路上静静地走,好像整个世界只剩下他们踩在积雪上发出的"嘎吱"声,走了不到五分钟,安念念又有点憋不住了,她干巴巴地"哈哈"了两声:"阙总您这大过年的怎么不回家陪陪叔叔阿姨,还有心思出来玩呢?"

她是真的紧张,平时字正腔圆的普通话都丢了,骨子里的东北口音就这么冒了出来。

"之前出了那件事我就跟家里打过招呼,说今年不回去过年了。"阙濯开口,唇边白气飘逸开,"也算是正好吧。"

"这样啊,哈哈哈。"

安念念笑完又没了话,和阙濯两人继续沉默地轧马路,好不容易才绞尽脑汁想出另外一个话题:"我刚看你饭桌上好像都没怎么动筷子,要不要我再带你去附近吃点烧烤?我跟你说,我们这里的烧烤绝对是全国最正宗的。"

每个北方人都觉得自己家乡的烧烤才是最正宗的。阙濯思忖

第八章 终成眷属

了一会儿，却答非所问："她身上那条裙子是你之前执意要退的那条吗？"

"嗯，你竟然还记得？"安念念有些惊讶，毕竟阙濯这人日理万机，而她那点事确实是连鸡毛蒜皮都算不上，"我也是真佩服她，这么冷的天，也亏得是暖气给力。"

阙濯在羽绒服口袋里捏着她的手稍稍用力："她穿没你好看。"

这么突然的吗？

听见这句话，安念念虽然本能地腹诽了一句，但嘴角却不由自主上扬，紧张的情绪顿时化作一种难以言喻的亢奋："不过说真的，阙总您这操作也太牛了，谈笑间杀人诛心。"

她还以为阙濯在商场上杀伐果断，到了情场里不过也就是个情商普通的直男。

现在看来，可能有的人的聪明睿智是真的全方位碾压其他人的。

看得出阙濯今天心情确实好，被安念念的马屁逗得又笑了一声，随即才像是想起什么一般顿住了脚步。

"对了，你之前是不是还说要去买东西来着？"

"……"

城市发展日新月异，安念念这一年才回家一趟的人一上街，发现很多地方都变得陌生。还好她家离吃饭的餐厅并不远，跟阙濯两人轧了二十多分钟的马路就已经到了家附近。

小区门口几家 24 小时营业的便利店在年二十九依旧灯火通明，安念念跟着阙濯进了便利店，习惯性地就走到冰柜前拿了两瓶罐

浪漫过敏

装啤酒和几盒雪糕。

冰柜对面就是方便食品区，安念念想了想还是拿上了两桶泡面，又去拎了几包薯片、火腿肠、芝士片，然后满载而归地去结账。

安念念家位于一个老住宅区，没有物业，也没有像样的小区大门，整个入口都对着大街。阙濯显然没怎么来过这样有年纪的地方，不知不觉地便跟着安念念到了家楼下，然后才意识到可以松手目送她上楼了。

但安念念没动，阙濯也没动。

今晚月色晴好，这两个人就这么面对面地站在这片银装素裹的楼宇间，说不出"晚安"两个字。

"那个……阙总……"

最后打破沉默的还是安念念。

"刚才您好像没吃好，我买了两桶泡面，您要不嫌弃的话……"

"好。"

两个人的手藏在阙濯的羽绒服口袋里，好像被一种无形的胶水紧紧地黏合住了，直到站在安念念家的厨房门口他们才总算不舍地分开。

冰箱里还有点西红柿和鸡蛋，那是安念念昨天叫的生鲜外卖。她爸妈这对活宝走之前还记得把冰箱清空，安念念刚回来那天打开冰箱门一看，那可真是每一个角落都干干净净。

她切了去皮的西红柿，把鸡蛋两面煎，然后一块儿扔进了泡面锅里，出锅之前还不忘铺上芝士片。

第八章 终成眷属

这就是安念念的拿手好"菜"之一，煮泡面。

虽然这严格来说不算是做饭，但别的不说，她对今天这碗面的卖相还是很满意的，阙濯静静地坐在餐桌旁看着她把面端上来，趁热低头吃了一口。

"好吃。"

"是吧，老拿手了！"安念念则拿了一盒雪糕坐在阙濯对面，寻思着还是解释一下这家里空无一人的情况，"对了，我跟你说，我爸妈可过分了，我说我今年过年不回家，他俩竟然报团去了夏威夷，你敢信——"

"嗯，我知道。"

泡面汤料加入了新鲜番茄后大大地缓解了泡面带来的速食感，与顶上迅速融入汤中的芝士味道混合在一起，香气四溢。阙濯咬了一口已经吸饱了汤汁的煎蛋，简单地对安念念有声有色的形容进行了回应。

"这就真是绝……"安念念情绪正开始上扬高涨，却突然意识到了什么，把后面准备要说的全都忘了，"阙总，您怎么会知道？"

她记得自己并没有和阙濯提起过家里没人这件事来着。

阙濯："……"

大年二十九，天气晴，宜出行、旅游。

阙濯偷刷安念念朋友圈这件事，终于再也瞒不住了。

第九章

玩 火

这事儿要是放安念念身上，估计她在五年内想起来都要以头抢地，但阙濯何许人也，什么没吃过什么没见过。

安念念就一只手拿着勺，勺上还有没来得及送进嘴里的香草雪糕，跟个二愣子似的看着阙濯把汁水四溢的溏心蛋经过一番耐心咀嚼后吞咽下去。

"机场候机的时候有点无聊，刷了一下朋友圈。"

看看，什么叫心理素质，这就叫心理素质。

安念念一下就被唬过去了，"哦"了一声就开始接着讲自己那对活宝父母之前的光荣事迹，譬如忘记她高考是哪一天，在她出门的时候还问她怎么这么晚才去上学之类的。

反正这对夫妻俩眼睛里只有彼此，对周围其他的人事物都不太关心，安念念在这样的环境下能长这么大也实属不易。

吃完面，阙濯自觉地把自己的面碗和安念念用的勺子都给洗了，然后安念念趁他在洗碗的时候悄悄地把酒店房间退了，又去父母房间翻出一套爸爸的睡衣来。

阙濯洗完碗正想问碗柜的位置，就看见安念念抱着一套居家

第九章 玩 火

服走过来:"那个……您看酒店也挺贵的,反正我们家也没人……您要不就凑合凑合,也给我省点钱?"

安念念一边说,还一边在心里盘算。

阙濯按照安念念的指示把碗放回去之后不置可否,很自然地接过她怀里的居家服:"这是你爸爸的?"

其实是谁的倒无所谓,主要是这居家服一看就是情侣款,下半部分一只硕大的蓝色熊头在嘟着嘴,好像在等待和另一半接吻。

很难想象这是一个年近六旬的老父亲应该有的东西。

"呃……就像我刚跟您说的,我爸在是我爸之前,他更高一级的身份是我妈的丈夫,他们两个人的日常跟二十多岁热恋的情侣没什么区别,绝对超乎您想象的黏糊。"想到那对恩爱夫妻,安念念脸上不自觉溢出笑意,"不过这套他穿着不合身,尺码买错了,我妈懒得退,他试完就压箱底了,说以后胖了再穿,之后一次也没穿过,您穿应该正好。"

阙濯点点头:"好,谢谢。"

安念念把人带到浴室里,然后去楼下给他买了新的毛巾和洗漱用品。

虽然这种借宿情况早已不是第一次,但今天总给人一种不一样的感觉。

他们在朋友面前承认了男女朋友关系,牵着手轧马路回家,还在楼下一起逛了便利店。

她给他煮面,然后看着他吃完去洗碗,现在他在洗澡。

浪漫过敏

诚然她必须承认之前对于这件事也是期待的，但今天的期待显然超越了往常的任何一次，那种雀跃感甚至让她想在从便利店回家的路上跳一支舞。

她好喜欢阙濯啊，虽然不知道阙濯对她有没有她对他那样的喜欢，但至少……

是不讨厌的吧。

就像祁小沫说的，他在大年二十九千里迢迢跨越南北来到这里，不可能是为了一个讨厌的，或是没感觉的人。

阙濯洗完澡穿上那身亲亲熊的居家服推开浴室门走出来，正好看见安念念一个人坐在沙发上，弓着腰双手扶着脸。也不知道她想到了什么，嘴角弯弯的，哪怕隔着几步远都能让他感受到那股发自内心的轻快与甜蜜。

"你洗完了？好快啊。"

浴室门自动闭合的声音让她站起身看了过来，阙濯走到她面前，抬手将她有些乱的头发理好。

他本来是想等安念念也洗完澡，一切都准备好了再说。

毕竟春节在即，他也希望给安念念更多的仪式感。

但对视间，他原本在给她整理头发的手就自然而然地捧住了安念念的脸，然后不知不觉便低头吻了下去。

那是一个很轻柔的吻，轻柔得都不太符合阙濯之前的行事风格，安念念甚至感觉自己的唇瓣只是落下了一片温热的雪花。

她很自然地伸出手去，抱住了阙濯的脖颈。他们就像是两个孩子找到了这个世界上最好吃的糖果。

第九章 玩 火

安念念闭着眼,身体被阙濯托着,逐渐升温的吻带来了轻微的缺氧。在小小的眩晕与漂浮感中,她就这样依靠在阙濯怀中,回到了卧室里。

两个人坐在床边,安念念偏过头去问:"他们初五的订婚礼,要去吗?"

去了还要随礼,平心而论,安念念一分钱也不想给琴琴。她想了想,大概是觉得自己这想法有点坏,便又轻轻地笑了一声:"你说今晚过后,会不会没有这场婚礼了?"

"不好说。"阙濯的声音也哑了下去,双唇就贴在她的耳畔,震得她耳膜酥痒,"不过,有一件事你不好奇吗?"

安念念愣了一下:"什么事?"

东北的室内温暖如夏,安念念穿着毛衣都有点热。阙濯看她双颊红扑扑满脸好奇地从床上撑起身子抬起头,缓缓开口抛出下一个谜:"她房卡哪儿来的?"

对哦。

酒店不可能因为两个人入住就给两张房卡,一般都是客人一张,酒店保留一张。

阙濯这次来得很突然,就连安念念自己都没有预料到,而且那家酒店距离餐厅挺远,琴琴怎么可能在那么短的时间就搞到一张另外一间房的房卡,除非是早就带在身边。

但她开的是最高规格的套房,不可能装不下她和她丈夫两个人,除非——

"你的意思是⋯⋯"安念念顿时意识到了什么,睁圆了眼睛,

浪漫过敏

"那张卡原本是她给别人准备的？"

这么劲爆？

这个判断让安念念都忍不住怀疑自己的猜测会不会有点过于大胆。

"很有可能。"

闻言，安念念顿时感觉三观被重塑了一遍，张了张嘴想说点什么，却只缓慢地吐出两个字："我天……"

别的不说，她现在是真的好奇那个人是啥样的一号人。

阙濯看她依旧满脸震惊就知道这人脑子里还想着琴琴那档子事，直接手上一用力在她的脸颊上捏了一把，把人的注意力给拉回来："这些事以后再说，先做好眼前的事。"

然而阙濯话音未落，安念念的手机就突然疯了似的振动了起来。

四周万籁俱寂，振动的声音存在感极强，安念念皱起眉，心想天王老子来了现在她也不接电话，拿起手机正准备挂掉，只见屏幕上跳动着硕大两字：爸爸。

爹啊爹啊，你可真是我亲爹！

"闺女你回到家怎么样，你妈这两天还挺惦记你的。"

安念念不耐烦的情绪在听见来电者声音的瞬间平息。

电话接通，安建国的声音与熙攘的人声一同传来，应该是在游玩的过程中抽空打了个电话过来。

难得，在玩的路上还能想起她来，安念念一把老泪纵横，情绪一上来，嘴上又开始渲染："还行，就是想爸爸和妈妈想得厉

第九章 玩 火

害,哎呀我本来还以为今年回来能团圆几天呢。"

但实话实说,阙濯来了之后,安念念已经不是很介意自己被这对夫妻遗忘在家的事情了。

"是吧,想我们了吧。你妈也这么说,这两天玩都玩得不痛快,一直说觉得女儿好可怜什么的……"安念念在家一直都是这么个黏糊的性格,安爸一听自然信以为真,"不过,闺女啊,这次旅行团说是可以加点钱延长旅途,再去法国转一圈,你妈有点心动,所以我们初五回不去了,我给你支付宝转了一千块钱,你自己买点好吃的吧。"

"……"

那她春节回家回了个寂寞啊。

安念念挂了电话,又好气又好笑,阙濯看她表情哭笑不得的,问:"怎么了?"

"我爸妈说还要再去法国转一圈……现在的旅行社都这么神通广大了吗,旅行签证可以在旅途中就办下来?"

安念念不知道应该感叹旅行社太厉害,还是该感叹自己长这么大都没去国外玩过,到现在还是个搞不清楚签证规则的土包子。

不过比起这些,安念念很快意识到另一件事——那对活宝父母春节都不回家,亲戚之间也比较疏远,没有父母一起去拜年多尴尬。要是阙濯过两天也要走,那整个家不就只剩她一个人了?

但毕竟是春节,安念念觉得叫阙濯不回去,也着实是有些强

浪漫过敏

人所难了。

短暂思忖过后，安念念决定先旁敲侧击问一下："对了，明天就年三十了，你准备什么时候回家？"

一般这种问题，无非也就得到两种答案。

要么晚点回，要么早点回。

但阙濯给出的答案，却是更加模棱两可："看你。"

看我？这个人到底知不知道这两个字解读的空间很大？

安念念想了想，非常厚脸皮地问了一句："你的意思是……我要是不让你回去……你可以考虑不回去？"

哇，她可真是太恋爱脑了，能从阙濯这俩字里脑补出那么多。

安念念说完就等着阙濯说你想太多，却见阙濯弯起嘴角："对。"

什么？

什么什么什么！

安念念一瞬间是真的完全精神了，满脑子只剩一句话：甜甜的爱情是不是终于轮到我了？

但下一秒，现实就给了安念念无情的一个巴掌。她一个激动，竟然被口水给呛了！

"咳咳……咳咳咳！"

安念念简直难以想象阙濯在给出答案之后就看她咳得惊天动地，会是怎样一个心情。

反正她自己在听见阙濯笑出声来的时候，是非常想死的。

不是，安念念你怎么回事儿啊，就算是甜甜的爱情要轮到你了，你也没必要这么激动吧，显得好像没见过世面似的。

第九章 玩 火

只是这些在这一刻都显得不那么重要,安念念唯一可以确定的是自己这辈子也没这么丢人过,咳嗽的时候一张脸从双颊到耳垂都涨红成一片,恨不得就这么转身从窗口一跃而下,终结这场尴尬的喜剧。

而阙濯则一直处于一种想笑而不能笑的处境里,他只能一只手虚握着拳抵在人中的位置,维持着安念念最后的颜面,另一只手还得不断地帮她拍背顺气儿。

"出息!"

"……"

咳了足足五分钟,安念念总算从刚才的地动山摇中缓过劲来了。

当咳嗽声骤停,整个世界突然就从混乱与喧闹中一下跃至另一个极端。

安念念感觉哪怕是楼下在地上掉了根针,她都能清楚地听见。

她一抬眼,正好对上阙濯满是笑意的眼神。

对视的瞬间,安念念意识到,阙濯其实什么都懂。

他知道她明里暗里的示意,也知道她刚才旁敲侧击的小心思。

他已经做好了准备,也会接受她这小小的、不合理的请求。

而她的心也就在这一刻,缓缓地静了下来。

一整天接二连三的难堪与尴尬在这一刻都离她远去,留在这个房间,留在彼此之间的,是一种难以言喻的安全感,让安念念忽然有了开口的勇气。

浪漫过敏

"那你,能留下来陪我过年吗?"

她说出来了。

虽然很厚脸皮,但是说出来了。

"我——"

只可惜阙濯刚一开口,这满世界的寂静就被窗外烟花炸响的声音彻底击碎,安念念目光所及之处就如同响应了那声音一般染上了有颜色的光。

安念念的房间布局从小到大一直没变过,书桌挨着床,桌前开了一扇窗,窗子的窗帘拉了靠床的那一半儿,剩下的那一半正好将远处空中炸开的烟花看得清清楚楚。

透过窗户与窗帘的间隙,安念念看着窗外的烟花一朵一朵地升腾到远处的天空中,炸开,形成一个又一个不相同的绚烂花卉。

阙濯也没想到,安念念在这种时刻,气氛已经铺垫到了这个地步,竟然就这么看起了烟花。

而且根本停不下来,一双眼睛直直地盯着外面,直到烟花告一段落,才扭回头来懵懂地看着他:"你刚说啥来着?"

"……"

阙濯忍了忍,觉得以他的经验,要是再不跟这块木头说清楚,估计过两天她真的能把他推出家门。

他的手在安念念的脸上捏了一把,没好气地说:"我,说——我不是已经在了吗。"

第九章 玩 火

琴琴的订婚宴安排在初五，初三的时候城市就已经恢复了繁忙。安念念和阙濯两个人在家里腻歪了三四天，安念念竖起大拇指给他点了个赞："您真是有远见卓识。"

啥旅游啊，顶多就是去附近的街道走一走，到超市逛一逛，除此之外天天就腻在这个小二居室里。

这几天说太平也是真太平，安念念从来没有享受过那么爽的假期，每天睡到自然醒，起床就和阙濯两人一边看剧一边吃外卖，下午找两部电影，晚上一起做饭、吃饭、睡觉。

但要说不太平，那也真是没有太平到哪里去，第一件事就是琴琴的订婚宴还真就如期举行了，不光如期举行，她在电话里还极力邀请安念念加入她的伴娘团。

虽然安念念也不太懂，为什么订婚宴也需要伴娘，但琴琴当时的原话是这样的："念念，我们是把这次订婚宴当成婚礼来排练的，那这样你肯定要来当我的伴娘呀，这样也许我能把我新婚的气息传递给你，你和阙总也就好事将近啦！"

听得安念念是一身鸡皮疙瘩，赶紧表示订婚宴一定参加，但伴娘就算了。

初四夜里，安念念在准备红包的时候还是狠狠心往里放了一千，然后在红包外面写名字的时候突然又想到了一个套路阙濯的办法。

"阙总，我这里有个非常划算的理财您要不要考虑一下？"

阙濯就坐在安念念身边抱着个 Kindle 看书，闻言抬起头来："你说。"

浪漫过敏

"这位先生,您现在是不是正在面临一个问题?"安念念在套路的过程中努力地平复语气,让自己听起来更像个没有感情的机器:"那就是明天得以什么身份去参加琴琴的婚礼?"

这话题有点意思。阙濯放下 Kindle,认真地思考了一会儿:"你觉得呢?"

"你听我给你分析啊!"安念念两条腿往沙发上一盘,开始伸出手给阙濯盘算起来,"你要是以那大叔的朋友参加的话,那肯定就得自己交一份份子钱对吧!"

"嗯。"

"而且像你这种身份,这一出手肯定少不了,这四舍五入就是一笔巨款,对吧!"

"……嗯。"

"要不然你就以我男朋友的身份出席得了呗,这样我就给我这份,你是我的家属就不用额外给了,你觉得咋样?"

阙濯其实在第二句话的时候就已经知道她在打什么主意了,不过看她一本正经套路的样子觉得挺有意思,便听了下来。

"我觉得可——"

"然后你那份折给我一半就行,这样咱俩是不是就双赢了?嘿嘿。"

折现?

双赢?

阙濯当即便采取了行动,对安念念过于功利的想法进行了制裁。

第九章 玩 火

之后两人在沙发上温存的时候，安念念又确认了一下明天的行程，前面那一连串接新娘之类的事与她无关，但宴会定在中午，这意味着她必须最晚九点起床开始化妆搭配衣服。

"人类的社交活动，真是想想都累啊！"

不过当安念念把自己这点小抱怨说给阙濯听之后，阙濯也不知是不是因为刚刚的制裁行动很顺利，现在心情相当不错，竟然难得笑了笑："是得早点起来，明天可能会遇到一个让你意想不到的人。"

"谁啊？"

"明天你就知道了。"

清晨，安念念的手机闹钟一响，她就赶紧一个鲤鱼打挺坐起来了。

阙濯也跟着起床洗漱，然后安念念坐在自己的小房间里抹护肤品，他就下楼买早点，回来之后两人一起吃早点，吃完之后安念念再开始化妆，可以说分工非常明确。

涂上口红的安念念对着镜子把唇膏抿开，然后朝背后的阙濯嘟嘟嘴："阙濯，我今天这个妆好不好看？"

阙濯正在换衬衣，背对着安念念把上半身的居家服一脱，转身的同时背部的精壮线条收紧，看得安念念唾液腺立刻兴奋起来。

他没直接说好看不好看，只是面无表情地在安念念火热的视线中套上衬衣，然后先把前襟的纽扣扣上，再慢条斯理地把袖扣扣上。

浪漫过敏

"我发现你以前上班化妆都不认真。"

安念念今天特地想强调出自己和已婚人士之间的区别，化了一个少女感十足的妆容，一双眼睛水得好像就连外面的积雪看一眼都能融化，看得阙濯心里直乱动。

"……"安念念顿时心虚，"起床太难了，我能每天带妆出勤就不错了！"

阙濯不跟她纠结这个问题，利落地套上外套，又走过去扶着她的下巴端详了一会儿，才认真地给出答案："好看。"

安念念嘿嘿一笑，心满意足地开始挑衣服，阙濯没有这方面的需求，索性坐到客厅的沙发上去一边看书一边等。

之后两个人手牵手过了很多年，安念念有的时候回想一下依旧会很怀念这个上午，她在自己的卧室化妆换衣服，选了一身就跳出去让阙濯参谋，然后阙濯抬起头，认真地给出自己的评价。

等她换好合适的裙子，两个人都套上厚厚的羽绒服手牵手出门，因为出门时间早，路上一点儿也不着急，一边晒太阳一边慢悠悠地走，她在路上还因为嘴馋买了一串冰糖葫芦。

草莓果肉嫩得一抿就碎，外面的糖壳甜到心里。

到了订婚宴会场，安念念把红包交了，然后把自己的名字和阙濯的名字紧紧地写在了一起，两人手牵手入了场。

这场婚宴其实挺盛大的，选的地方是全市最大的酒店，他们大学的同学都被邀请来了。看见安念念和阙濯走进来，有几个人悄悄在桌下给她比了个大拇指。

第九章 玩 火

安念念很膨胀。

直到角落某一桌有一个与阙濯同样西装革履的男人站起身，朝她身旁的男人唤了一声："阙总。"

是有些熟悉的声音。安念念侧过头去，确实就像之前阙濯说的那样，看见了一个让她完全意料之外的人——任开阳。

"安秘书，新年好。"任开阳看起来心情倒是不坏，桃花眼眯起来笑的时候依旧魅力十足，看起来是春风得意，心情不错，"我这次还是第一次来雪乡，你们这地方真好，我住了几天就发现街上到处都是像你一样的漂亮女孩。"

安念念赶紧和任开阳握手："好久不见任总，新年快乐。"

阙濯倒是没和任开阳多说什么，只是看他的表情有些微妙和复杂，然后就和安念念一起入了席。

安念念入席之后越想越不对，就算任开阳是要来参加婚宴，也压根没必要提前几天到啊。

这个时候有一个大胆的想法突然钻进了她的脑海中，安念念暗戳戳地在桌下用手肘碰了碰阙濯的手臂，然后把头凑过去咬耳朵："任开阳怎么会来呀，他是哪一方的亲戚朋友吗？"

"不是。"

阙濯垂眸看了她一眼，也知道安念念应该已经猜到了个七七八八，便给予决定性提示：

"房卡。"

什么？

安念念下意识往角落那桌看了一眼，下巴都快掉下来了。

浪漫过敏

原来是你小子啊！

安念念寻思难怪上次阙濯跟她卖关子呢，原来是提前知道了这等惊天猛料。

"那你是什么时候知道的？"

"比你早几天。"阙濯坦白，"之前他跟我提过，但是我没深想。"

大年三十晚上，阙濯和安念念两个人跨完年，安念念实在扛不住直接就睡过去了，阙濯却在睡前接到了任开阳的电话。

他当时以为任开阳是要献一把殷勤给他打电话拜年，结果接了电话才知道，任开阳也来这边了。

前一天刚刚和安念念分析过房卡的事情，阙濯联想到之前任开阳在平安夜那天提过一句，顿时警觉起来，一问才知道，还真是。

任开阳在电话里也没什么别的诉求，问了阙濯得知他现在不太方便说话后就退而求其次，只让他在这边听着。

阙濯也顺势从他口中得知了琴琴后续为了挽回男友心的一系列骚操作。

简单来说，出来做生意到现在还没破产的傻不到哪里去，琴琴的男友后来也迅速回过味来，意识到琴琴这房卡可能不是给阙濯开的，琴琴为了稳住婚姻和优渥的生活，只能再上演一出被胁迫的苦情戏码。

总结一句就是：我是爱你的，都是被逼的，我和他断了，我们好好过。

第九章 玩 火

琴琴甚至还主动找前台要了一张备用卡,主卡给了任开阳,备用卡给了男友,直接把任开阳给献祭了,让男友等任开阳到了之后一定要给她讨回公道。

这任开阳原本就不知道琴琴已经准备订婚,还以为她是个单身少女,想着从圣诞节就没怎么见过面,这次春节耽误两天时间追过来,那不事半功倍?

他甚至还提前订好了酒店,请琴琴帮他收着房卡,以表达自己一定会过去找她的诚意,却不料刚下飞机,就被几个彪形大汉给堵在了机场。

任开阳何许人也,套了几句话,当场就大概理清了事情的来龙去脉,气得一晚上在酒店没合眼,越想越憋屈。

"想我纵横情场这么多年,没想到这回竟然栽得这么难看。"

这事儿确实太丢人,让任开阳也不好意思找别的朋友倾诉,坐在酒店叫了几瓶酒,翻遍了通讯录,也只能拨通阙濯的电话:"阙濯,你也知道我这人吧,是真小气。"

他很客观公正地评价了自己。

"她这么搞我,我不可能让她舒坦的。"

阙濯当时听完也颇为无语,确定安念念已经睡死之后才在她额头上亲了一下,轻手轻脚地去了客厅,点上一支烟,简单地和任开阳聊了几句。

主要是劝他以后找个女朋友稳定下来,如果真的有什么负面消息被抖出去,对公司影响也不好。

任开阳跟他聊了几句之后大概是发现他这边格外安静,便忍

浪漫过敏

不住问了一句："我没打扰到你和叔叔阿姨休息吧，帮我跟叔叔阿姨说个春节快乐啊，过几天我这边完事了我先提着礼物去你们家拜年。"

"我不在家里。"阙濯也不隐瞒，"不出意外，我们可能马上会见面。"

阙濯这句话的信息量着实有点大，让任开阳噎了一下，过了两秒缓过劲来："你来找安秘书了？"

"嗯。"

"你现在在安秘书家？"

"嗯。"

"见家长了？"

"没有。"阙濯静静地吐出一口烟，余光又瞥了一眼安念念卧室的方向，"我倒是希望。"

眼看昔日学长今日上司已经快要奔赴婚姻殿堂，任开阳再想想自己的境地，心情还真是复杂。

他沉默了一会儿："能帮我搞到一张请柬吗，他们婚礼的。"

这倒确实是小事。阙濯沉吟片刻，"嗯"了一声之后又补问了一句："你想做什么？"

"我还能杀人放火啊，你放心，她还不配。"任开阳心态倒是很快调整过来了，甚至和阙濯说起了俏皮话，"我这应该是做好事不留名，省得她未婚夫到时候娶这么个祸患进家门。"

阙濯要请柬当然简单，王总甚至还怕他不方便来取，特地要了个地址差人给他送过去。

第九章 玩 火

而那个地址当然就是任开阳现在住的酒店。

"等等,所以他今天是来砸场子的?"安念念听阙濯说到这里的时候没忍住往任开阳的方向看了看,却见他和那一桌的陌生人已经是谈笑风生,俨然比新郎还吃得开,"这……他要是被打我们要不要管他啊……"

阙濯思忖片刻:"不用。"

要真打一顿也是好的,让他知道一下不是什么女人都能在他掌控之中。

"真进医院了我给他放带薪假。"

"……"

很快婚宴拉开序幕,夫妻二人出场后站在搭建起来的礼台中间,司仪十分专业,气氛拿捏得很到位。安念念自从知道任开阳是来砸场子之后,对桌上一道一道摆上来的菜那是没有半点兴趣,一个劲地缠着阙濯还想再从他口中先得到些只言片语的预告。

但阙濯也是真的不知道——他对这件事本身没有任何兴趣,自然不会多问,而这件事对任开阳这个情场老手来说也算是首屈一指的黑历史了,自然不会多提。

"不是,阙濯,你肯定知道点什么对吧,你就告诉我一点,一点点——"安念念一边央求一边拿自己的小拇指比画了一下,"一点点嘛!"

安念念撒娇撒出了吃奶的劲儿,阙濯还挺吃这套,奈何在这公共场合也不能对她做点什么,只能忍着:"小声点,被人听见待

浪漫过敏

会儿我们还得给任开阳垫背。"

"……"此言有理。

安念念立刻收了心思,乖巧地开始夹桌上的花生米吃。

吃了没几颗,就到了第一轮敬酒环节,安念念眼看着穿着华丽婚纱的琴琴一步步朝自己所在的这桌走过来,眼底闪烁着几分得意的光芒。

她在得意什么?安念念有些不懂,但仔细一想,又好像懂了,大概是在得意上一次阙濯的猛击没有将她打倒吧。

"念念,我们今天是不是要单独喝几杯啊,之前大学的时候还说好我结婚的时候你们三个人都要陪我喝到烂醉呢。"

祁小沫和赵双在另外一桌,隔得有点远,现在安念念一想甚至感觉就是故意的。

她没有祁小沫那么牙尖嘴利,以前偶尔吃了亏也都是自己回寝室生闷气,然后祁小沫嗷嗷嗷地抓着她冲出去讨回公道。

"我来吧。"

但安念念很显然忘了她身边现在有另一个人。阙濯非常自然地站起身将她护到了身后,平静地端起安念念的酒杯。

"她不太能喝。"

附近几桌的人顿时启动了八卦雷达,也不管认识不认识,总之先为这爷们儿行为鼓掌起哄,然后津津有味地期待着接下来的发展。

好歹是自己的主场,琴琴今天还是相当有眼色,一看阙濯护安念念护得那么自然,大概也知道这两个人进展得顺利,歪了歪

第九章 玩 火

脑袋俏皮一笑："我开玩笑的啦，我今天订婚耶，都还没结婚，怎么可以喝到烂醉，念念我们喝果汁好不好？"

听她这么说，侍者立刻贴心地为她倒了一杯果汁送到手边，安念念接过杯子啜了一口，然后就看琴琴也放下杯子示意想要一个拥抱。

这新娘要拥抱，宾客岂有不给的道理。可周围所有大学同学都在，现在这么一抱颇有些冰释前嫌的意思。

琴琴跟柯新的事情过去了很多年，可哪怕现在柯新已经进去吃牢饭了，安念念也依旧完全没有原谅琴琴的念头，一分钟都没有过。

然而就在她还没动作的时候，琴琴却已经先一步抱住了她。

周围人的掌声同时响起，安念念不知道他们在开心什么，又觉得他们恐怕自己也不知道在开心什么。

"念念，恭喜你，终于和阙总走到一起了。"

琴琴甜甜的声音自耳边响起，却让人听不出半点恭喜的意思，只有无尽的森然寒意。

"不过，你可千万不能比我过得幸福哦。"

话音未落，琴琴便松开了安念念，脸上又是她最拿手的，天真而又甜蜜的笑容："念念你也一定要幸福，等一下我抛捧花你一定要接到，好不好！"

这个女人真让人毛骨悚然。

安念念被她这无缝切换的变脸恶心得掌心都发凉，可周围的人却好像完全没察觉出什么不对，还在起哄让安念念赶紧交代是

浪漫过敏

什么时候找到的男朋友。

还好阙濯看出安念念情绪好像有点不对，紧紧地握住了她的手："怎么了？她刚才说了什么？"

安念念有点儿木，她是第一次那么近距离地、真真切切地感受到恶意，藏在语言里的恶意，来自心里的恶意。

她们之间，到底是为什么会走到这一步的？

阙濯看她神情越来越不对，掌心捏着她的手再一次收紧："你昨天不是说想吃火锅吗，我们去吃火锅吧。"

安念念想了想，虽然知道待会儿任开阳会做点什么，但她已经完全不期待了，便点点头。

台上的司仪还在声情并茂地主持，阙濯却已经护着安念念离开了婚宴会场。

而那头的琴琴也遇到了一个小小的意外情况——有一桌上的一个客人没有到场，按道理倒也没什么好担心的，可大概是想到自己之前阴了任开阳一把，有些不安的琴琴还是在敬酒环节之后找了个机会去前台的签名簿看了一眼。

看着签名簿上龙飞凤舞的"任开阳"三字，琴琴几乎是不由分说地就开始指责起了工作人员："你们怎么可以把没有受到邀请的宾客放进来，你们是怎么做事的，我要去投诉你们！"

门口负责迎宾的几个人也是一脸蒙，好言好语地解释道："我们可以确定每一位客人都是有请柬的，您可以去确认一下，这位客人的座位就在……"

负责解释的工作人员看了一眼座位表，指了指琴琴刚才就已

第九章 玩 火

经发现的空位:"那边。"

琴琴看着那个空了的座位,手指尖都在发抖。她其实当晚就想找任开阳道歉,请求他念在两人来往了几个月的关系上帮她最后这个忙,但任开阳早就已经把她的电话拉进了黑名单,无论琴琴怎么打也打不进去。

任开阳的睚眦必报琴琴不是不知道,这几天她一直提心吊胆,生怕任开阳不会放过她。

就在琴琴站在婚宴会场外发愣的时候,她的中年未婚夫已经出来找她,脸色很不好,语气也非常硬:"你又跑出来干什么,订个婚也不安生?"

琴琴自知理亏,这些天对未婚夫也是千依百顺、百般讨好,看他脸色不好看也只能强忍着烦闷笑着挽住他的小臂:"我这不是看见有个客人不知怎么没有到场,出来核实一下嘛,万一是重要的人呢,对不对?"

她的解释算是合情合理,男人也不好再说什么,只用鼻腔喷出一股厌烦的气:"确认好了吗,那就赶紧回去吧,马上下一个环节我们又要登台了,真是的,搞这些花里胡哨……"

老男人一向对这些不太感冒,可年轻的琴琴却向往浪漫。这次不过是一个订婚宴,却已经被她搞得兴师动众,还特地提出要在宴会现场播放一段两个人从相遇相知再到相爱相守的纪念纪录片。

这段纪录片是上半年就拍好了的,为了拍这个她又是去瑞典又是去爱琴海。完成之后琴琴看了好几遍,满意得不得了,就等

浪漫过敏

着年末的时候炫耀一下。

春节期间的出租车不太多,不过还好安念念想吃的那家火锅店已经在雪乡遍地开花,距离婚宴会场不到一公里的地方就有一家分店,两人等了几分钟车之后决定散步过去。

路上,阙濯看安念念还是闷闷不乐,又去路边排了十分钟队给她买了一杯奶茶,这才让安念念高兴起来。

两人开开心心地到了火锅店,安念念是真的饿得不行了,恨不得吃下一头牛,从肥牛卷到牛百叶再到小菜卤牛蹄筋点了个遍,然后放下菜单等上菜的时候就接到了祁小沫微信的狂轰滥炸。

祁小沫:哈哈哈你看见了吗?

祁小沫:哈哈哈哈哈!

祁小沫:太绝了,太绝了啊!这是谁干的你知道吗,太绝了啊!!!牛啊!!!

看祁小沫这反应,安念念差点都要以为任开阳把婚宴现场给爆破了,赶紧打字给祁小沫解释:我和阙濯先溜了,怎么回事?

祁小沫估计是兴奋到了极点,几乎秒回:我录像了!

然后安念念又坐在火锅店里度过了心焦似火的两分钟,视频总算传了过来,祁小沫还不忘补上一句温馨提示:记得戴耳机看!

她光速点开,一点开别的还没感觉到,只感觉到祁小沫拍这

第九章 玩 火

段视频的时候是真的很激动,画面抖得如同山崩地裂。

安念念从包里找到耳机顺带分给身旁的阙濯一只,两人看了不到五秒,安念念就如同一只受到惊吓的土拨鼠一般瞪圆了眼睛看着一旁的阙濯。

只见视频里,婚礼台上的 LED 屏上一秒还在播放纪录片,下一秒画面一转,变成了酒店房间的床上。

LED 屏上的画面模糊不清,无法看出视频中的两个人是谁,但两人的声音十分有辨识度,女人的声音来自今日婚礼的女主人琴琴,可那男人的声线一听就不是琴琴未婚夫的。

安念念当时就捂住了嘴,生怕自己不小心发出点恶心的声音,倒了周围其他人的胃口。

她强忍着不适看完,好在视频本身不长,也就十几秒,但每一秒都是精华。视频最后,琴琴的脸在镜头里一闪而过,然后在全场的一片哗然中结束。

看完这视频,安念念脑子里只有两句话:

还好戴了耳机没开外放。

这也太劲爆了。

安念念突然有点后悔自己提前离场,但祁小沫不愧是她最贴心的好闺密,就在她对着手机屏幕怅然若失的时候,祁小沫又发来了一个视频。

视频里,琴琴还穿着刚才那身婚纱站在台上,只不过已是面若菜色泪如雨下,她双手焦急地抓着身旁的男人似乎还企图解释些什么,但男人却甩开了琴琴的手, 巴掌将她打在了地上,然

浪漫过敏

后直接又朝她身上补了几脚，一边踹一边还在骂："你这个女人，老子对你不好吗？啊？你又不是不知道我为了你……"

在这个过程中，满场宾客竟没有一个人上前阻止，直到视频结束前两秒才总算有人从琴琴的哭声中回过神来，上前拉架。

整个订婚礼已然变成了一场闹剧。

安念念拿下耳机的时候，心情比起畅快淋漓，更多的是唏嘘。

阚濯已经把第一批烫好的牛肉夹进了她的碗里。

"别看了，赶紧吃。"

安念念没想到阚濯这个人偶尔还有那么一丁点贤惠属性，她赶紧拿起筷子把熟得恰到好处的牛肉往蘸料里滚了一圈，放进嘴里的时候脑袋顶上都要开花了。

"这也太好吃了。"她捂着脸满脸陶醉，"还好我们出来了，这不比酒席好吃？"

想着，安念念赶紧又给祁小沫和赵双她们发微信让她们过来一块儿吃火锅，但祁小沫是何等有眼色之人，直接说她和赵双去吃烧烤，让他们吃好喝好。

"哎阚濯，你说咱那一千块钱是不是白给了啊？"安念念吃到一半儿，忽然反应过来，开始心疼自己那一千块钱，"早知道送个两百意思意思就好了，之后估计也没人管送了多少，哎，失策。"

看她因为礼金而心疼得皱起脸来，阚濯默不作声地从内兜掏

第九章 玩 火

出一张卡推到了她手边。

安念念一愣，寻思自己该不会是要走上被包养这条不归路了吧，就听阙濯说："我的工资卡，财迷。"

"……工资卡？"

安念念顿时那个心花怒放啊，可脸上还很淡定，不肯让阙濯看出半点端倪来："你的工资卡，给我干什么呀？"

阙濯其实还挺喜欢她装蒜时的样子，明明一双眼睛看得什么都明白，嘴却还死守着，等他先给出确切的信号。

"本来前天就想给你的。"在已经得到安念念确切的信号之后，阙濯就完全成了主动的那一方，毫不犹豫地朝她期待的方向行进，"男朋友把工资卡上交，不是很正常吗？"

"那你的钱以后岂不是就由我说了算了？！"安念念立马就破功了，咧着嘴把阙濯的卡收起来，然后转眼又开始得意忘形，"嘿嘿嘿阙濯，十年河东十年河西，你喊我一声爸爸我给你发压岁钱。"

"……"

安念念每次被教训，那是一点儿都不冤的。

吃完火锅，安念念极尽狗腿之能事，伺候面色阴沉的阙濯回到自己家，然后刚一进门就被阙濯抱进了卧室。

"谁是爸爸？"

俗话说得好，威武不能屈，安念念是那种没有骨气的人吗——当然不是。

她把头埋在枕头里，嘴里嗷嗷地回答："安建国先生是

浪漫过敏

爸爸！"

真行，为了不叫爸爸，把亲爹的名字都搬出来了。

阙濯不吃这套："还有呢？"

"那……敢问令尊尊姓大名？"

阙濯都被这泼猴给气笑了，好似示威般给予她一种压力："那是谁要给我压岁钱？"

安念念内心简直懊悔至极："阙总，亲爱的阙总，我现在道歉还来得及吗？"

"来不及了。"

房间里的气氛到这一刻俨然已是箭在弦上，然而就在这个时候，卧室外突然响起房门被打开的提示音，然后那对恩爱父母的声音从玄关方向喷射了进来：

"Surprrrrrrrrrrrrrrrrrri——se！"

"念念我们回来啦，没想到吧，你爸说初五不回来是骗你的！"

"我怎么舍得让亲闺女在家孤孤单单过春节呢，我还给你带了礼物，念念别躲啦我都在玄关看见你的鞋子——"

只见安建国同志双手拎了个满满当当，三两步兴奋地从玄关走到了客厅，然后声音就像是一个抛物线，在对上卧室里那个陌生男人的双眼时，从顶峰坠落到了谷底。

阙濯当下也是脑袋一片空白，身体比大脑快一步动作，就像是一根被惯性拉起的弹簧一般笔直地站在了床边。

安妈换鞋子晚了一步，见丈夫像石雕似的站在那儿，忍不住

第九章 玩 火

走上前去:"怎么了?"

怎么说呢,安念念最近总觉得自己在做极限挑战。

简单来说就是,她以为这一次已经差不多探究到了极限的边缘,人类已经不可能更"社死"的时候,没过两天,就会发现前两天的事儿不算什么。

十分钟后,安念念总算从被亲爹亲妈撞破的打击中回过神来,垂头丧气地从房间走出来接受安建国同志的审判。

而阙濯此刻正正襟危坐在沙发上,与未来的老丈人亲切交谈。

"姓名?"

"阙濯。"

"年龄?"

"三十二。"

"在哪工作?"

"爸!"安念念忍不住插了一句,企图活跃一下气氛,"您这是审犯人呢?"

安建国先生才不搭理这不争气的闺女,从鼻孔中喷出一口气,恶狠狠地瞪着眼前西装革履的男人:"和我们家闺女是怎么认识的?"

好吧,活跃气氛失败。

"我是念念的上司,在工作中和她认识。"阙濯的态度还是一如既往的诚恳,"之后相处中产生了感情,所以忍不住对她发起了追求。"

浪漫过敏

"……"

安念念还是头一回听说还有这等事情，正一脸蒙圈，就被妈妈拉到一边："你说你也是的，怎么交了男朋友都不跟家里说一声，今天搞得多尴尬呀。"

是，那可不是尴尬吗？

阙濯刚出去的时候整个人脸都红了，手死死地扯着西装外套的衣襟，回不过神来的他在那一刻不断回忆，人类走路应该先迈左脚还是先迈右脚。

那还是安念念第一次看见阙濯那么狼狈的样子。

"可是……"安念念觉得这事儿也不怪她，毕竟他俩正式成为男女朋友也没多久，"那时候我们还不是那个啥呢……"

安妈听完若有所思地点点头："也是，当初我和你爸也是一见钟情迅速恋爱领证结婚，婚礼还没办你就来了。"

"……"

父母的"你就来了"故事安念念并不是很想再听一遍，她迅速重新找回重点："而且你们俩要回来也不跟我说，一把年纪了还玩什么惊喜啊！"

安念念寻思自己要是阙濯，估计要被搞出心理阴影来。

她越想越替阙濯心疼，就看自家亲妈又给了她一个眼神："他真是你上司？"

"那还能有假？"

安念念正愁眉苦脸，又看亲妈有些不可思议地往客厅的方向看了一眼："那他岂不是……"

第九章 玩 火

"嗯。"她对上妈妈的眼神,非常确定地点点头,"总裁,真总裁,虽然不是特别霸道。"

"天呐……"安妈捂住嘴,一双眼睛都开始闪起了光:"那他有没有跟你说过'女人,你这是在玩火'?"

"……"

第十章

礼 物

"没有！"安念念头都要炸了，"妈，我求你少看点偶像剧和言情小说……现实中的总裁根本就不是那样子的！"

"啊？是吗，好吧。"安妈有些失望地耸了耸肩，又立刻扭头去拿衣架上的羽绒服。

安念念看她好像要出门，没忍住问了一句："妈你要去哪儿？"

可别丢下她和她爸在一起啊！

她现在真的不想和安建国同志独处啊！

"我去买点菜呀。"安妈相比起外面客厅还在"审犯人"的安建国来说确实是平静得多了，"好歹人都来了，你们吃了几天的馆子和外卖，今晚肯定得吃点好的呀。"

"……"安念念大为感动，心想，妈你是真的太懂了。

安念念把妈妈送出门，回来就听见安建国先生正抓着阙濯问出今天的第五十六个问题："那你父母之间又是怎么认识的呢？"

安念念估计阙濯这辈子都没说过今天这么多话，她虽然这一刻是真不想和亲爹面对面，但看着阙濯一副逆来顺受的样子，还

第十章 礼　物

是忍不住过去拍了一下亲爹的肩膀："爸你这是干什么啊……怎么连人家父母的户口都查上了……"

"你懂什么，父母对孩子的影响可是很大的。"安建国先生不满地用笔尖戳了戳笔记本，"从怎么认识就可以决定他们之后的婚姻状态，也可以决定孩子对待婚姻的态度。"

"可是我……"和阙濯根本还没有到谈婚论嫁那一步。

毕竟这关系都还是最近才真正盖章定下，安念念觉得即便真的合适，一路相处下去到结婚至少也还要个两三年吧。

换句话说，如果今天不是被撞破，她至少要等两年才会有把阙濯带回家的打算。

"我父母很恩爱，就像您和阿姨一样。"阙濯对此却相当配合，两只手规规矩矩地放在大腿上，面色认真，"不过我父亲稍微有点木讷，不像您一样会疼人，能让阿姨那么幸福，在这一点上我还得多向您学习。"

闻言，安念念看着阙濯的神情好似见了鬼。

没听错的话，阙濯这是在拍马屁吧？

她脑海中顿时跟走马灯似的闪过阙濯在工作时那副高高在上、不近人情的姿态，和此时此刻坐在老丈人对面乖巧可爱、双手叠放的样子，哪有一丁点的重合！

阙濯，你也有今天！

"学习谈不上，我也还有很多可以提高的地方。"

安建国这辈子也没什么大成就，最引以为傲的就是自己与妻子的恩爱关系。一听阙濯这话，脸上的严厉之色立刻稍显和缓：

浪漫过敏

"我一直觉得爱老婆那是男人的基本责任，没什么好炫耀的，如果做不到那才叫可耻。"

安念念去厨房烧了壶水，想给爸爸快喝完的杯子续上水，结果就是这么一壶热水的工夫，外面的安建国已经不知不觉向阙濯敞开了话匣子，开始侃侃而谈：

"我跟你说，之前我和你阿姨刚结婚的时候，我连菜刀都不知道怎么拿，后来我为了让你阿姨吃得高兴，硬生生练会了一手厨艺……"

"后来我们家一直就是她买菜我做饭，然后我洗碗。我跟你说，家务活男人多干一点没错的，女人的手可娇贵了，我看外面那些和她年纪相仿的女人，哪个手都老得至少比实际年龄大二十岁，就她的手还嫩得跟个小姑娘一样，牵起来那个手感……那群男人懂什么。"

开始了，安建国的爱妻讲座。

安念念刚把水放在桌上，正一脸不可思议地看着关系突飞猛进的两人，安建国估计是话说多了口渴，直接把水杯拿起来喝了个见底儿："待会儿我露一手你尝尝，我觉得不逊色于外面的餐馆。"

"好，我很期待，如果可以的话我还想近距离参观学习。"

"好说，好说。"

安念念刚才被亲妈那句"女人，你这是在玩火"震得头还疼着，这一听安建国爱妻讲座就更疼了。

她有些不好意思地看向阙濯，本来是想用眼神安慰他一下，

第十章　礼　物

岂料阙濯正掏出自己的真皮笔记本记得无比认真。

而他这个学习态度自然更加引起了安建国的好感,他开始越说越多,从婚后到产前,再到产后无微不至的照料护理,两人之间的氛围从一开始一问一答,到后来竟逐渐转变成了相谈甚欢。

虽然安念念觉得阙濯狗腿的样子真是太好笑了,可又不得不说,阙濯只在短短交谈中就能够这么快投其所好,并且还不显得刻意与做作,也实在是有点东西的。

安妈很快拎着大包小包的菜回来,安建国赶紧回头去接,然后心疼地帮老婆搓了搓手,又哈气哈了好一会儿才回头继续看向阙濯:"那你们先聊会儿,我先去做饭。"

爸爸进了厨房,妈妈回房间换衣服,安念念趁机钻到了阙濯身边给他点赞:"厉害啊阙同志,为了讨好我爸什么事儿都能做,连记笔记都想到了!"

她拿起阙濯手上的笔记本看了一眼,本以为他就是顺着她爸说的话随便写了写,却没想到上面已经行云流水地写了两三面纸,并且在记录的时候,内容就已经被简单地整理归纳过,比她爸口头杂乱无章的描述要好消化得多。

安念念看完心里直感叹,果然有的人能成为学霸不是毫无理由的。

"你记得也太认真了吧,没必要没必要,我爸不会检查你作业的。"

她感叹着,阙濯从她手中把笔记本接回来,看着她意外的脸,表情有些好笑:"你以为我在应付差事?"

浪漫过敏

"不是吗？"安念念被他反问住了。

"……"

阙濯也是真没想到，事到如今了，安念念这颗木头脑袋居然还是没能开出一朵花来。

他被她无比正大光明的表情噎住，半晌无言。

算了。

也不是第一天认识这个木头。

横竖都是自己选的。

"因为我不是在应付，我是真的想学。"

想学学以后怎么样才能更好地爱你。

安念念愣住了。

就在安念念愣神的工夫，安妈已经换好了衣服从卧室走出来，她的余光正好看到了阙濯手上的笔记本，然后朝安念念微微一笑："念念去厨房帮你爸做饭去，这么大个人了只会炒个番茄炒蛋，真不像话。"

安念念立刻不服："我明明还会煮泡面呢！"

"对，阿姨，我吃过。"阙濯适时地点头插话，"煮得挺好的。"

不是要你这个时候捧场好吗！

安妈笑得不行："你也太捧场了，就她那泡面还叫煮得好？那你是没吃过她爸煮的。"

安念念看着安妈，觉得这是典型的丈母娘看女婿——越看越顺眼，赶紧溜进厨房帮爸爸干活。

厨房里，安建国正在处理食材，排骨剁得震天响："去把围裙

第十章 礼 物

穿上,不然待会儿溅衣服上了。"

自安念念读高中以来就基本没怎么帮过家里做家务,和爸爸一起做饭就更是这么多年来头一遭。她站在水槽边有些茫然,安爸就递给她一个塑料袋:"来,洗干净一点。"

父女俩就这么各自做着各自的事情,安念念把手上的小白菜搓了几遍放进盘子里,就听爸爸开口:"自从你大学那件事之后,我好像还是第一次看你身边出现其他男人。说实话虽然刚才见面的时候被吓了一跳,但是现在想想,好像更应该为你高兴。"

安念念知道爸爸说的是柯新的事情,低下头:"抱歉啊……我那个……应该提前说的,结果搞得这么尴尬。"

"这有什么啊,你俩不就是抱了一下吗,又不是学生早恋,给你吓得……"安建国正在切五花肉,顺势就用油油的手拍了拍女儿的背,"刚才我和他聊了一会儿,感觉人还行,你喜欢他吗?"

"嗯。"安念念点头,"很喜欢。"

"那说明你和我的好眼光那是一脉相承啊。"安爸笑说,"我刚还看见他一边听我说怎么对你妈好一边做笔记,看起来还挺认真的,你待会儿把他的笔记本拿来我看看是不是在装腔作势敷衍我。"

安念念觉得有必要帮阙濯说句话:"我看过了,写得特别认真,连产后护理都照顾到了。"

"是吗?"安爸信了女儿的话,"那还行啊,你也老大不小了,处一阵差不多就找个好日子把证领了吧。"

"……"

浪漫过敏

她差点儿被口水呛着:"我明天就把孩子生了算了。咱别开玩笑行不行,我和他刚刚才确定恋爱关系不到一个星期呢!"

"这就是你不懂了吧!"

安建国身为男人,自然了解男人。

刚才在聊天的时候,他看出那小子恐怕是暗恋自家这榆木脑袋好久了,春节终于告白成功,现在只要安念念一点头,两人立刻就能扯证结婚。

想到这里,安建国又看了旁边一脸"我爸怎么会这样?"表情的女儿一眼,叹了口怒其不争的气。

他们夫妻俩情商都挺正常的,怎么生出来的小孩笨成这样。

晚餐没有太丰盛,两荤两素一汤,却是有鱼有肉有红有绿,阙濯吃得很斯文,大部分时间都在用来和安家父母说话,偶尔给安念念夹一筷子菜。

这顿饭吃完,安建国又对阙濯满意了两分。

后来又看了会儿春晚的重播,聊了会儿天,眼看时间渐晚,阙濯今晚真的不能再留在安家过夜了。安念念自告奋勇套了羽绒服准备送阙濯去附近的酒店,家里只剩下安妈陪着安爸一起洗碗。

"我看你好像对人家越来越热情了嘛。"

"咱实话实说,就今天晚上的观察来看,这男人也确实不错了。"安建国注视着手里满是泡沫的餐具,"知道念念不喜欢吃草鱼,一筷子也没给她夹过,她喜欢的红烧排骨一共夹了七次,油菜心四次,菜花两次。"

第十章 礼 物

这观察得也太细致了吧。安妈哑然失笑："我就说你明知道闺女不喜欢吃草鱼为什么还特地发微信喊我买草鱼，原来是在这等着呢。"

"想了解一个人不能光听他说什么，要看他做什么。"男人拧开水龙头将餐具上的泡沫冲散，扭头看向妻子的时候眼神只剩无限的温柔，"我们闺女好像看男人不太准，我怕她又跟上次似的，到时候可真就落下阴影，这辈子都嫁不出去了。"

"那还是你比我厉害点。"

安妈从背后缓缓抱住丈夫："其实我之前都想过了，她要真不想结婚也就不结吧，又不是养不起她，怕什么呀。"

安建国立刻放下碗盘转过身抱住媳妇："不是养得起养不起的问题，我实在是不希望这个电灯泡继续悬挂在我俩中间了，她结婚了我们才能过上真正消停的日子。"

"哈哈哈哈……"

安念念要是听见这番话，估计得立刻转身泪奔五千米不会停。

还好，她没听见。

安念念陪着阙濯下了楼，两人手牵手轧着马路往酒店走，然后安念念就站在阙濯身旁看他开好房间，笑嘻嘻地掏出他的工资卡豪爽地结了房费。

"果然这男朋友的工资卡刷起来就是爽啊！"

安念念笑得就像突然一朝暴富的土财主，阙濯伸手揽过她的肩，自然而亲昵地在她脸上啄了一口："陪我上去坐坐？"

浪漫过敏

"……"

就知道你小子心思不单纯!

两人坐着电梯一路上到顶楼,安念念刚进门阙濯就进浴室去洗澡了,她百无聊赖地在沙发上玩了会儿手机,听到有客房服务员敲门。

她云里雾里地打开门,就看门外穿着酒店制服的人,身旁还有一辆餐车。

"那个……我们没有叫客房服务啊。"

"是我叫的。"

阙濯正好从浴室推门出来,解救了门口一脸疑惑的客房服务人员。

安念念看着人把餐车推进来,把放着红酒和酒杯的托盘放在了茶几上,又从上面拿下几碟精致的小甜点。

甜点摆盘很考究,错落有致地往茶几上一放,颇有美感。安念念难得见阙濯突然有了情调,正觉得新鲜,就被人从身后抱住。

"陪我喝一点?"

阙濯身上还披着浴袍,身上带着一点沐浴后特有的湿热水汽,一下把安念念的整块儿背都烫到了。

她寻思阙濯这人绝对是故意的,于是就这么被阙濯搂着坐到了他的腿上。

房间中气氛暧昧得几乎已经失去了流动性,如同一张凝滞的网一般将两个人密不透风地包裹了起来。

接吻时安念念几乎感觉不到时间的流动,可在阙濯缓缓放开

第十章 礼 物

她的时候又恍然察觉，不过须臾。她乖顺地趴在阙濯的怀里。

"怎么今晚突然还想喝酒了？"

他虽然有酒量，但很少主动提起要喝酒，即便有也基本是在年会或是庆功宴上。阙濯把酒倒进高脚杯，醒酒的过程中拿起叉子叉了一小块儿酸甜的樱桃蛋糕送进安念念口中："偶尔也想有一点仪式感。"

蛋糕口感顺滑细腻，入了口便在安念念的舌尖融化，她满足地眯了眯眼，打趣道："不会是跟我爸现学现卖的吧？"

"今天跟叔叔学到很多，但这个不是。"阙濯微微抿了一口红酒，又抬头给了安念念一个带着香醇葡萄酒气息的吻，"这是我早就想做的事情。"

在来的路上阙濯就很想像现在这样抱着她，喝点酒，再喂她吃点小东西，两个人聊聊天，借着微醺的氛围，说一点清醒时说不出口的话。

"哦——"安念念却好似一下抓住了阙濯小辫子似的，"您这意思……莫非是对我已经蓄谋已久了？"

安念念这话当然是开玩笑的，毕竟她现在还都搞不清楚阙濯到底是什么时候喜欢上她的，更不理解他还心甘情愿地给她当男朋友，上缴工资卡。一切真的就像做梦一样，她在确定自己喜欢上阙濯的时候，根本不敢去想他们有可能是两情相悦。

可阙濯应对她的玩笑却是无比地认真："对。"

"……啊？"安念念登时愣住，"真的？"

她现在的表情和阙濯曾经在脑海中想象过的样子简直一模一

浪漫过敏

样,一双眼睛睁得圆溜溜的,双唇微张,神情将信将疑,就像是把脑袋探出洞口观察敌情的兔子。

"真的。"他又啜了一口,然后抬手捏了捏她的脸颊,"不信吗?"

"不是,我只是觉得……你藏得也太好了吧。"安念念还是有些蒙,"我完全没看出来。"

提起这个阙濯还来气:"我没有藏过。"

"啊?"

他语气笃定地抗议:"近的有特助团,远的有任开阳,基本见过我们相处的人都知道我暗恋你。"

"只有你,直到现在还不知道。"

"……啊?"

这是不是有点太离谱了。

安念念赶紧喝了口酒冷静了一下,思来想去还是觉得哪里不对劲。

"这不可能吧……"她迟疑开口,"我又不是木头!"

阙濯都快气笑了。

"自信点,你为什么不是?"

"……"

行吧,木头就木头吧。

安念念很快接受了自己的木头设定:"反正现在木已成舟,你别想退货!"

阙濯手中高脚杯里玫红色的液体已经贴了底,他被安念念破

第十章 礼 物

罐破摔的态度逗笑，抱着她胸腔轻震："退货？你想得美。"

他顿了顿，把手上的酒杯放回茶几上，然后一把将安念念抱了起来。

"啊啊啊！你要干什么……"

安念念完全没有做好被抱起来的准备，手上的酒杯倾斜也没注意到，直到红酒染湿胸前的薄线衫，留下一大片瑰丽的红色才猛然反应过来。

阙濯却不回答她，只是走到落地窗旁的衣架前，一只手把人稳稳当当地抱着，另一只手则伸进自己的大衣内袋，拿出一个精致的小绒布盒。

"你，你不是吧！"

安念念一看那绒布盒的大小就知道里面装的是什么东西，赶紧把头埋进他的颈窝，看也不敢看那小盒子一眼。

"我跟你说，如果里面装的是什么纪念银币或者是什么儿童手表，我会记仇的！"

她心跳得好快，嘴里为了缓解紧张也不知道在说些什么，阙濯却被她脑洞大开的儿童手表给再一次逗乐了："那要不然你自己打开看看？"

"我不！"

安念念哪儿敢接啊，她怕一打开要真是个儿童手表，那这段回忆估计得跟着她进棺材。

但要万一不是儿童手表，真是戒指的话，她也没想好怎么应对，万一看见戒指就哭鼻子，那不给大雪乡丢人吗！

浪漫过敏

阙濯要是知道安念念心里这些小九九估计得笑死，他抱着人在床边坐下，然后拍了拍安念念鸵鸟似的一动不动的后脑勺："快坐好，不是儿童手表。"

"那你先告诉我……"安念念深呼吸了好几下才勉强平静下来，"你什么时候买的？你这几天明明一直和我在一起，不可能抽空出去买了东西我还不知道。"

"来之前买的。"

阙濯十分坦诚。

"在机场，当时航班延误了一会，我就去逛了逛，本来是想给你带个新年礼物，后来看中了这个。"

也许很多东西就是冥冥之中有天定，阙濯当时隔着柜台玻璃看见那枚戒指，就觉得一定会很适合安念念。

"可，可是我还没有做好准备结婚！"安念念更慌了，"我不会做家务，也不怎么会做饭，而且我们才刚刚开始恋爱，我还……"

"我只是想把它当成一个礼物送给你。"阙濯说话的时候还在不断顺着安念念的发，就好像在安抚一只受惊的小动物，"我觉得你戴起来会很漂亮。"

他声音也很轻柔："我们还有很长的时间谈恋爱，可以谈到你想结婚为止。"

"你发誓！"

"……我发誓。"

闻言，安念念总算从他的怀里爬了起来，看着他郑重其事地为她把绒布盒打开。

第十章 礼 物

里面放着的确实不是情侣对戒,只是一枚设计精巧的女戒,戒身像是用藤蔓交织缠绕一圈,顶端嵌着一颗露珠一般的钻石。

"等你以后愿意跟我结婚了,我们再正式去挑,挑一个你喜欢的。"阙濯拉起她的手,把已经空了的酒杯从安念念手里拿出去,"所以现在不要有负担,就当作是一个单纯的新年礼物,收下它。"

"可是它看起来很贵……"

安念念抿抿嘴:"而且我都没有给你准备新年礼物。"

阙濯托着她的手,把那小小的指环推进她的无名指根部。

大小正好。

然后在安念念还没理清新年礼物戴无名指是个什么逻辑之前,一把将她压在了沙发上,低头在她唇角印上一吻。

"谁说的,我的礼物不是早就收到了吗?"

安念念的脸都红透了,无名指指根处轻微的紧箍感不断地在提醒她那里刚才被阙濯套上了一个戒指,那小小的一枚金属指环却好像一下把她心里的所有缝隙都填满了似的,让人感到格外安稳。

"那不行,我今年可是拿了年会大奖的人,你想买什么别客气啊,直接说!"她不想被阙濯看出自己此刻的羞赧,佯装财大气粗地一拍沙发,"都给你买!"

"是吗?"阙濯却只是重复了一遍她的话,"都给我买?"

这样的重复让人不安,安念念刚想着要不要再加点补充条件进去,又正好对上他炙热的双眸,顿时心一横:"嗯,都买!"

"那我——"

浪漫过敏

他俯下身，在她的耳畔压低了声音，细密的热气从他的唇齿间溢出，轻轻笼罩她的耳朵。

安念念是真扛不住阙濯这样，她伸出手抱住他的脖颈，两个人就这么在床上又吻到一块儿去了。

两个月后——

安念念坐在洗手间里看着验孕棒上的两道杠陷入了沉思，并且开始思考到底是哪个环节出了问题。

她寻思着要是把这件事告诉阙濯可能就直接开始走结婚流程了，就特地只给妈妈打了个电话，想问问家人的意见。

结果这头安妈刚安抚住安念念的情绪，扭头就把这事儿告诉了安爸。安爸一听那还得了，赶紧给阙濯去了个电话。

于是这边安念念在卧室刚挂了电话，把洗漱护肤走了一遍准备先睡觉再说，那边的阙濯已经到她租的那间小公寓楼下了。

他甚至连外套都忘了披，硬是用一件衬衣抗住了春寒露重，进了门便握住安念念的双肩："怎么不跟我说？"

安念念都蒙了，压根没想到是亲爹把自己卖了："什么？"

"你怀孕了为什么不跟我说？"阙濯一字一句地又重复了一遍，"是什么时候知道的？我们现在先去医院做个检查，然后我喊人来你这收拾东西，以后搬到我那边去住。"

这五分钟不到就给她安排得明明白白。安念念简直傻眼："不是……我那个，还没决定要不要这个孩子……"

"无论你要还是不要，现在都是最需要照顾的时候。"阙濯的

第十章 礼 物

重点原本就不在孩子身上,而在安念念身上,"房租我给你交着,等你过了这段时间再决定要不要搬回来。"

"不是……我那个……"

他的语气没有半点商量的余地,见安念念还在原地犹豫,索性直接先进了她卧室,拿起衣架上的厚外套把人一裹便直接打横抱起往外走。

安念念被抱着进了电梯才回过神来,满脑子却只剩一句话:

妈呀,这个总裁他开始霸道了!

两人大晚上的来了医院,安念念直接被丢进了住院部安排好的病房,明天早上一早就得开始做各项检查。

安念念躺在病床上的时候感觉头有点疼,没想到这辈子第一次住院竟然是以这样无厘头的方式进来的。

"还不困吗?"

阙濯坐在床边握着她的手:"我今晚也不回去了,就在这里陪你,不要怕。"

"我倒是不怕啦……"毕竟明天就是做点检查,又不是明天就要生了,安念念这个心还是挺宽的。

单人病房的床比多人病房要宽上三分之一的样子,安念念往里让了让:"你要真不回去的话就上来躺一会儿吧,总不能坐到天亮吧。"

其实阙濯觉得就是坐到天亮也没事,但也确实想抱着她躺一会儿。他将袖口卷到肘关节上,便躺上了床,把安念念搂进怀里。

浪漫过敏

"会不会挤?"

"不会。"这一路上又是开车又是病房报到,转眼就快零点,安念念也困了,脸在阙濯怀里舒适地蹭了蹭,声音也不自觉地轻了下来,"阙濯,你想不想要这个孩子?"

阙濯低头在她眉心吻了一下:"我听你的。"

他一开始就准备把这件事的选择权完完全全地交到安念念手里,也确实是这么做的。

安念念想了想:"人流好像挺恐怖的。"

"嗯。"

"但是生孩子也很恐怖。"

"嗯。"

"而且我们还没结婚,小孩出生了户口怎么上……"

她困困的,声音又轻又倦,比起是在和阙濯说话,更像是嘟嘟囔囔地自言自语。

"而且我自己都还没有活明白,我怎么教育孩子啊,我又还不能为人表率,让孩子以我为榜样……"

安念念说着说着声音越来越小,最后没了声音。阙濯低头,看她已经乖巧地蜷在自己怀里睡了过去,伸出手去帮她紧了紧身上的被子。

清晨,安念念被来抽血的护士叫醒,正式踏上了孕检的征途。

阙濯又把鲍勃叫回来顶总秘的职务,把所有的会都推到了第二天,然后就在医院坐镇,放任在公司里的鲍勃疯狂脱发。

这一系列的检查做完后已经快要中午,阙濯把安念念安顿回

第十章 礼 物

病房,就到负责的主任医师那边去了一趟,然后再去安念念喜欢的餐厅买了些菜打包回来。

吃午饭的时候,安念念对自己身体的指标是否正常没啥兴趣,脑子里还在想着到底要不要这个孩子。

阙濯看出她的心事重重:"念念,有件事我想和你商量一下。"

安念念这才抬起头:"啊?你说。"

"这两天和我爸妈见一面好吗,春节回来之后我跟他们提了现在有女朋友了,他们当时就提出希望我带你回去看看,不过我考虑到你还没有准备好就拒绝了。"

阙濯说着拉起安念念的手拢在掌心:"但是我觉得现在也许是个机会,让你见见他们,了解一下我的家庭,这样可能会对你做出选择有帮助。"

"另外,还有一件事。"

安念念的手贴着男人的掌心,感觉到他最中间的那一小块皮肤开始升温,湿润。

"念念,你记住。我想跟你结婚,跟孩子没关系,无论你想不想要这个孩子,我都会无条件尊重你的决定,但是结婚这件事,我早就想跟你提,只是一直没有找到机会,绝对不是在你有了孩子之后才有的。"

他的手在出汗。

安念念听不出他现在的语气和开会时有多大区别,顶多就是声线柔和了一点,但那股认真的劲儿是完全没有变化的。

要不是他们两个人手掌紧紧地贴在一起,恐怕安念念都不会

浪漫过敏

发现被他藏得很好的紧张。

"阙总，你不会是很害怕被我拒绝吧？"

安念念一向不太擅长应付这种正经八百的场合，咬了咬下唇，张嘴就又忍不住把气氛破坏得彻底。

"你看你的手都出汗了，不会吧，我们上天入地无所不能的阙总竟然这么没有安全感！"

闻言，阙濯脸上表情一变未变，只是伸出另一只手捏了捏她的脸。

"是啊，因为我在你面前一直都只是个普通男人。"

所有的羞赧在最直白的坦诚面前都变得不值一提。

安念念再也说不出一句话来。

之后，她在医院住了两天，办理了出院，然后接着回公司上了两天班，就到了与阙濯父母见面的周末。

毕竟还不是未婚夫妻的关系，这次见面被阙濯贴心地安排在了她家附近的餐厅。

当天，安念念挑来挑去都觉得不够正式，最后脑子一抽竟然穿上工作时的西装出了门。

阙濯看见她的时候第一反应是进行自我反省："最近没陪你去逛街，是我的问题。"

安念念更紧张了："这样穿很奇怪吗？我只是觉得好像穿什么都显得不够正式……"

"不会。"阙濯往前倾了倾身，示意让她看自己身上的黑西装，道，"跟我很配。"

第十章 礼 物

这两人就这么两身肃杀地到了餐厅。阙妈穿了一件深紫色的高领毛衣配了一条半身裙,显得优雅得体;阙爸则是跟阙濯仿佛从一个模子里刻出来的一样,不光穿了西装,还打上了领带,一脸严肃的表情仿佛在会见某位国家领导人。

这一桌子四个人,三个都是西装革履,安念念想着自己这回可真是在人家爸妈面前丢脸了,就听阙妈柔声道:"你们看起来可真般配呀,连西装都穿得像情侣装一样。"

安念念顿时对眼前这个温柔又优雅的阿姨充满了好感,一顿饭也总算是在温馨又宁静的氛围中度过,直到最后阙濯和阙爸一起出去抽烟,阙妈才拉起安念念的手:"孩子,阙濯这孩子有点后知后觉,所以我想跟你说,你怀孕这件事我们都知道了,因为我觉得这是女人的事情,所以就把他们俩赶出去了。"

"哎?"

安念念没想到阙家父母已经知道了自己怀孕的事,顿时有些慌。

"阿姨,我不是故意要隐瞒您……"

一般电视剧中的婆媳矛盾可能从这一步就已经萌了芽,但眼前的女人看着慌乱的安念念,却只是温柔地笑了笑:"没关系的孩子,我只是想告诉你,你们的生活你们可以完全自己做主,你不要有压力。他爸爸针对他的后知后觉也已经骂过他一顿了,还希望你不要生他的气。"

安念念其实还真有点想象不出来阙濯挨骂的时候会是什么样子,她回握住女人的手,非常真诚地表达了感谢:"谢谢您,

浪漫过敏

阿姨。"

　　进餐厅门的时候她的腿都在发抖,但现在已经完全找不到那种紧张感了。安念念知道这对父母肯定也都是非常优秀的人,才会把那么可贵的价值观灌输给他们的儿子、她的男朋友。

　　回家的路上,安念念一直笑着偷看阙濯,把他看得都有些不自在了:"我妈她和你说了什么?"

　　"她说你因为我怀孕的事情挨叔叔骂了,是真的吗?"安念念凑过去夸张道,"哇,我错过了那个画面,好遗憾。"

　　"虽然没有到骂的程度。"阙濯说,"但确实,我很多年没被我爸约进书房了。"

　　安念念笑得简直要在副驾驶打滚:"天呐,阙濯你吃瘪了,我好开心!"

　　"……"

　　阙濯淡淡地瞥了一眼副驾驶上笑得开心的安念念,直接方向盘一打就在路边把车停了下来,然后一只手扶着座椅靠背直接往她的方向一压:"我还可以让你更开心,想试试吗?"

　　这是赤裸裸的威胁。

　　安念念这个时候不犹豫要不要的问题了,赶紧捂着肚子:"我可是个孕妇,你要是这么丧心病狂的话我就立刻跟叔叔告状!"

　　这吃了个饭几乎已经把大半个人给吃进阙家去了。

　　阙濯明明是被威胁了,可心情却出奇的好,他收起那股压迫感,低头轻轻柔柔地吻住蜷缩成一团的孕妇:"好,我不敢了,我投降。"

第十章 礼 物

"这还……差不多……"

安念念被吻了一会儿就忘了刚才是怎么说的,又立刻软了骨头和阙濯抱到了一块儿去。

"觉得我爸妈怎么样?"

"很好啊,特别是阿姨,我已经爱上她了!"

这味道怎么突然就变了。阙濯捧住她的脸,又重重地在她双唇上啄了一口。

"那既然这么喜欢,跟我一样叫她一声妈,不过分吧?"

"呃……嗯?"

安念念觉得阙濯为了套路自己结婚已经不择手段了。

她一脸疑惑地抱住眼前的男人,然后把脸埋到他看不见的颈窝里偷偷地笑开了花。

"好吧,那这次我就恭敬不如从命啦。"

(正文完)

番外一

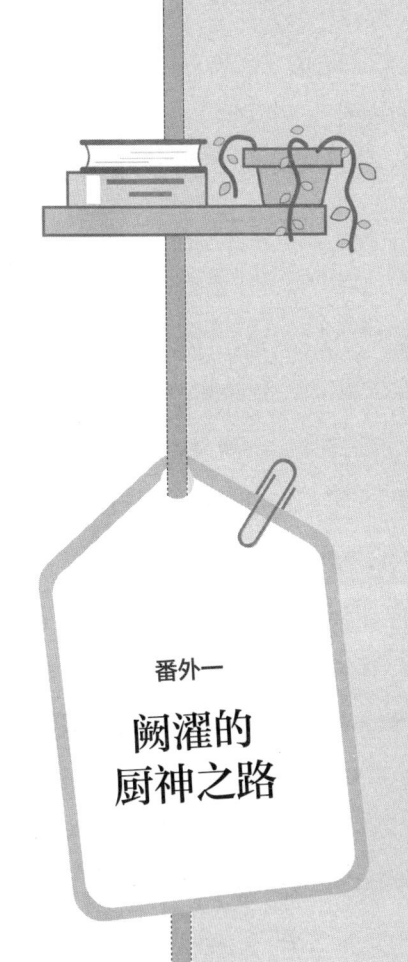

阙濯的厨神之路

这件事情，还得从安念念同意阙濯求婚的第二个周日说起。

那个时候安念念本来是想趁自己肚子还不是很明显的时候先把婚礼办了，然后预计在差不多六七个月的时候再休产假。

结果这红本子刚拿上，安念念就连人带行李一块儿被打包到了月子中心。

这让她觉得非常离谱，她都还没生，就开始坐月子了。

虽然月子中心的小护士万分亲切地和她解释，名字叫月子中心不假，他们的产前护理也非常专业，但安念念只是勉勉强强接受了这个名字，还是没好意思跟祁小沫说自己已经住到月子中心来了。

但是接受了月子中心的名字不代表她接受怀孕三个月不到就住进月子中心的事实，没住两天她就因为再三反馈无效而向阙濯提出了强烈抗议："你是不是在意孩子胜过在意我！"

自从认识安念念开始，阙濯就没听她说过这么感性的话。她一向都是理性大于感性，现在听她竟然这么说，他的内心竟然涌现出几分奇妙的踏实感。

番外一　阙濯的厨神之路

但老婆的诉求还是很重要的。于是就在安念念提出严正抗议的当天中午，阙濯就在和安念念一块儿在月子中心吃午饭的时候，解释了一下为什么执意要她住进月子中心这件事。

"首先我买了几本书了解了一下，也问过做医生的朋友，怀孕的前三个月是不能进行高强度劳动的，但总秘的工作每天几乎停不下来。"他坐在床边，手还牵着安念念的手，满脸严肃的模样仿佛在召开什么学者研讨会，"而且在前期还要尽量避免接触电脑之类的东西，你已经很晚才验出了，头两个月不知情没有办法，现在既然知道了我当然想给你最好的。"

安念念还是觉得不太对劲："可是我已经马上要满三个月了，不也什么事都没有吗？"

"那是你幸运。"阙濯握着她的手紧了紧，"我现在想起你那段时间怀着孕还在外面马不停蹄地工作我都后怕。"

"你怕什么，你怕孩子没了是不是！"明明阙濯也没说什么，安念念却突然莫名地一下子委屈起来了，"我就知道你当时说什么无论我怎么做决定都尊重我是骗人的，你这个大骗子！"

阙濯也是第一次直面一个孕妇，哪里能知道孕妇的情绪波动会这么大，上一秒还平平静静的一个人下一秒立刻红了眼眶泫然欲泣。

他赶紧先坐上床把人抱住，任她把眼泪鼻涕一股脑地招呼到自己的衬衣上也面不改色："你这就是胡说了，你要是决定不要，我绝对没意见。但是既然决定要了就要好好对自己，你现在和孩子的性命可是连在一起的，我怕的是这个。"

浪漫过敏

安念念头窝在阙濯怀里用力地吸了吸鼻子，算是告诉他自己听见了，也算是对这个解释满意了。她闷了一会儿，心情又自己好起来了，委屈巴巴地跟阙濯撒娇："可是这里的饭菜不太好吃，我不喜欢。"

其实这里的饭菜挺好吃的，毕竟收费标准摆在那里，这里的厨房都是请大厨专门把营养师定制的菜单做出来，孕妇要是不喜欢当天的定制菜单，还可以自己点菜。

安念念只是还有那么一点点委屈的余韵没有发泄出来，想找个借口借题发挥而已。

换句话说，只要阙濯再软下声调让她再忍一忍，或者偶尔给她带点儿介于孕妇能吃与不能吃之间的东西过来，安念念立刻就乖了。

但阙濯想了想却点点头："那从明天开始我给你做饭带过来吧。"

"……啊？"

阙濯做饭？认真的吗？

安念念突然有些后悔："你会做饭吗？"

"我今晚开始学。"

"……"

态度值得肯定，但安念念总有种不祥的预感。

次日，她躺在床上听隔壁房间已经送餐过去，心里正嘀咕着也不知道阙濯的菜弄得怎么样了，就看阙濯从外面走进来，手上拎着印着眼熟的 logo 的打包袋。

她顿时有些没忍住笑:"失败了?"

阙濯倒是面色平静:"做出来的东西吃不了,所以没带来,去你喜欢的店打包了点,今天先凑合凑合。"

这应该说是意料之中吗?安念念一看阙濯的样子,估计昨天是吃了瘪,这回心情好了。她嘿嘿地笑着看他熟练地架起床上桌,然后等他放下袋子之后才注意到他的手,赶紧抓住:"天啊,你手……不会是被刀切到了吧?"

只见阙濯手上大大小小五六个创可贴,左手右手手心手背全都有所覆盖,可以看得出昨天的战况之惨烈。

"我哪有那么傻。"阙濯却语气平淡地把手从她手里抽出来,然后把几个餐盒在床桌上摆好,"我知道自己是新手当然就会慢点切,只是一开始有点掌控不好油温而已。"

还说得云淡风轻的!安念念一听就坐不住了,抓着他的手撕开其中一个创可贴,果然看见里面是一颗水泡。

贴上创可贴不知道底下是什么,掀开一看才发现红得扎眼。水泡的皮已经破裂,水也都挤出来了,整个瘪在那儿。

安念念看着这一个个水泡都心疼死了,孕期情绪一起伏,眼眶就红了:"你干什么啊,我就随便说说的……这里做的菜其实挺好吃的……"

"这有什么好哭的,真是……"

他抬手给妻子擦去眼泪:"其实就算你昨天不说,我也一直想试试做饭给你吃的。今晚我再打电话跟我妈请教一下,你不用

浪漫过敏

担心。"

"你手都这样了还做什么啊！"安念念觉得自己真要被这头倔驴气死，"我吃什么不都一样？你做的菜难道开过光啊，能保佑我生个龙凤胎三人平安不成！"

"我当时在听你爸爸说在你妈妈孕期时做的那些事，脑海中浮现的都是我和你的样子。"阙濯从一旁抽出纸巾把手指上安念念的泪水擦掉，"是不是有点过分，明明当时你爸爸在很认真地跟我传授，我却在走神。"

安念念的眼泪止不住地往外掉："那可不就是很过分吗，我回头就告诉我爸你听他讲课不认真！"

"那你就饶了我吧。"阙濯看她哭这么厉害，只能服软，"到时候咱爸不高兴我还得去赔礼道歉，现在照顾你都忙不过来了。"

白天公司上班，晚上回家做饭，中间还得抽空往月子中心跑。

阙濯这辈子也没有这么分身乏术过。

安念念泪眼婆娑地看着病床旁的男人，已经找不到最开始那无所不能的阙总的样子了。

就像阙濯说的，他在她面前，一直都只是个普通男人而已。

"别哭了，再哭我怕你身体受不了。"阙濯不停地抽纸巾给她擦眼泪，"只是做个菜而已，没什么大不了的，等我熟练了就好了。"

"什么而已啊！"安念念本来想推开他的手，又怕碰到他手上的伤口，只得作罢，"你说你图个啥啊你，就这么口吃的，吃啥不行？这个月子中心要啥有啥，你干什么还就让我说一不二了，你这样我会膨胀的我跟你说！"

"你膨胀一点没关系。"阙濯摁着她的脸把她那一脸泪珠子擦干净，"我只是——"

他顿了顿，轻轻抱住眼前还在抽噎的安念念。

"不想让你后悔嫁给我了。"

这话一出安念念更是在他怀里哭得厉害，阙濯一开始还希望把她哄好，到后来干脆就只顾得上给她拍背顺气儿了。

"我后悔你个头！"

怎么可能会后悔嫁给他呢，要后悔也是后悔没有早一点告诉他自己有多喜欢他，没有早一点在一起，没能早一点答应他结婚。

安念念想到这里，赶紧吸了吸鼻涕从他怀里挣扎出来，两只手用力地捧着他的脸："对了，我有个事要跟你说！其实我早就想说来着，但是你也知道我这个人就不擅长煽情……"

阙濯一看她表情严肃起来，也立刻收住情绪，无比正经："你说。"

安念念硬生生被他这表情弄得破涕为笑，又松开他的脸依偎进他怀里。阙濯就看她扭捏了半天，才总算飘出来一句闷闷的，好似撒娇般的话：

"我爱死你了。"

闻言，阙濯心头一松，前日的劳累顿时烟消云散。

这一手水泡，值了。

番外二

每一天都是热恋

对于安念念来说，生孩子过程中最痛苦的就是怀孕。

生的时候她是顺产，开指很快，被推进产房之后没多久，孩子就呱呱坠地，母子平安。

不过要说母子，可能不太严谨。因为安念念大概怀到三个月的时候，去医院做产检，发现了两个胎心。

实不相瞒，当时安念念第一反应就是，摊上大事儿了。

做完产检，回到月子中心的床上，安念念平躺着看向天花板，眯了一会儿。那梦里都是自己的肚子被俩小宝宝给撑破的画面，吓得起来大哭了一顿。

后来等两个小宝宝出生，两边家长一边带一个，完美地解决了一个孩子不够四个老人分的矛盾。安念念又开始觉得，好像生龙凤胎这件事，熬过了怀和生的阶段就稳赚不赔。

就连最开始想着生两个孩子就要取两个名字，工作量一下翻了一倍，也因为两家父母过于积极地参与而被解决。

上户口前，给两个小孩的姓名备选已经多到两张纸写不下，安念念跟阙濯两人选了选，最终决定哥哥叫阙跃，妹妹叫阙幸。

虽然有点谐音梗的嫌疑，但念起来顺口，寓意也好，安念念觉得至少可以打八十分。后来小朋友们进了幼儿园，果不其然在一堆"子涵""一诺""奕晨"等诗情画意的名字中脱颖而出，成为一眼望去最赏心悦目的崽。

出了月子，安念念从月子中心回到家，阙跃、阙幸两位小朋友的爷爷奶奶姥姥姥爷轮番上阵，恨不得一个月在他们家住三十二天，明着是帮安念念带孩子做饭，实际上就是离不开这对龙凤胎。

她哺乳期不方便工作，在家里又无所事事，干脆就买了点网课，开始给自己充电。

一开始看不进去，觉得枯燥乏味，孩子一哭安念念的注意力就跟着飞走了。到后来渐入佳境，每天床桌一架，俨然就是一副"儿女情长只会耽误我的学习"的冷酷模样。

安建国看几次笑几次，嘴上直感叹："她高考前都没现在这么认真。"

阙爸对此却非常认可："我觉得念念这种心态很好，活到老，学到老嘛。"

这种学习让安念念很顺利地从生完孩子的休假状态，几乎无缝切换回工作状态，让四个特助同事每当想起都赞不绝口：

"厉害啊安秘书，不愧是已经当上阙太太的女人啊！"

"就是，不想谋朝篡位的总裁夫人不是好秘书啊！"

"直接把阙总从工作到生活全盘拿捏——"

几人话音未落，就因为阙濯走进公司食堂而自动消了音。

浪漫过敏

安念念顺着四个人的目光回头看，就看阙濯熟练地端着餐盘去窗口打好饭菜，走到他们桌旁，朝自觉让位的特助点头致谢，坐了下来。

"咳，那个啥，我好像忘了买饮料。"

"我陪你去。"

"那我陪他俩一起去。"

"我陪他们仨一起去……"

四名特助秉持着午餐"还没吃饱不想吃狗粮"的精神光速消失，速度之快让安念念也不禁为之咋舌。

她舀了一勺炒饭送进嘴里，看向旁边的人，揶揄道："你看看你在别人眼里多可怕。"

阙濯皮笑肉不笑地看着特助们远去的背影："你以前好像也是那样的。"

结婚五年，孩子五岁，安念念已经完全忘了曾经面对阙濯时的恐惧。

她眨了眨眼，装蒜道："没有吧，我那是对上司的敬畏之心，哪有他们那么厌。"

"是，你比他们好多了。"阙濯也不戳穿她，把多打的一个鸡腿放进安念念的餐盘里，"今天一起去接小孩？"

已婚五年的夫妻早就回到现实，每天除了工作就是小孩，哪怕结婚五周年的纪念日近在眼前，可能心里想的也就是当天把孩子送到爷爷奶奶家，然后出去看个电影吃个饭，就算是庆祝过了。

安念念早就习以为常，应了声好，便低下头开始吃饭。

番外二　每一天都是热恋

到了傍晚，两人一起从公司离开。安念念坐在副驾驶座上，在红灯时看着马路对面牵手走过的年轻情侣们，忽然有些感叹："我们好像都没谈过恋爱。"

"嗯？"阙濯愣了一下，随即发出一声哼笑，"马上都要结婚五年了，你才反应过来？"

他们之间，确实中间是缺失了一环的。

就像是经历了一场你追我赶的长跑，却没来得及享受胜利的果实，就直接让两个孩子一脚踹进了婚姻的殿堂。

"是啊，我不光反应过来了，我还想到了好多其他事儿。"安念念趁还没开车，掰着手指头跟阙濯开玩笑地算，"你都没有求婚，也没有跟我度蜜月。"

不过他们的生活也没有什么柴米油盐酱醋茶，孩子有两家父母带，家务有阿姨做，安念念几乎是刚生完就回到了工作岗位上，在尽到秘书的本职工作的同时，也开始思考阙濯每一个决策背后的意义，有的时候跟他聊竞争公司的骚操作，两人能有来有回，兴致勃勃地说上好几个小时。

阙濯能明显感觉到安念念越来越专业，跟她说话变得愈发轻松。从一句没说完的话到一个眼神，都能让她迅速并且准确地明白他想说的是什么。

这种默契让她上了酒桌也变得愈发从容，再加上她本来就知分寸、懂进退，有的时候帮阙濯打配合，一句不轻不重的话效果拔群。

在这段时间里，明面上安念念还是阙濯的秘书，但实际上，

浪漫过敏

她已经更像是阙濯的伙伴。

她每天都在给他新的惊喜,无论从精神层面还是现实层面,都成为他心中真正无可取代的人。

"是啊,但毕竟我们从一开始走的就不是循序渐进的路子。"阙濯大概回想了一下过去,手扶着方向盘笑着问她,"你不觉得吗?"

"……"安念念想了想,"还真是。"

不过她突然感慨,也就是说说而已。

安念念是那种浪漫过敏非常严重的人,她特别受不了煽情的场合,上次祁小沫跟她假设了一下,阙濯如果真的像言情小说里的霸道总裁,给她来个什么热气球直升机求婚,道路两旁百十辆车开道——

她一定会转身夺路而逃。

所以他们的婚礼也没怎么大操大办,就跟逢年过节大家一起聚餐似的,请些亲戚朋友过来,大家一起因为他们结婚这件喜事聚在一起,开开心心地吃顿饭,就算结束了。

后来回到公司,特助们还在打听他们什么时候办婚礼,得知竟然已经办完了之后,鲍勃默默给安念念竖了个大拇指。

两人到幼儿园门口的时候正好放学,安念念从副驾开门下去,就看见阙跃人如其名,迈着雀跃的步伐,从幼儿园里跳着跑到安念念面前,就连书包带子都给跑歪了,扑进安念念怀里气喘吁吁地叫:"妈妈!"

"哎呀,我们跃仔今天也是充满活力的小男子汉呢!"安念念顺手就把阙跃从地上抱了起来，目光却直往儿子身后看，"崽啊，妹妹呢？"

幼儿园放学时间到处都是家长和小孩，安念念环顾一圈，发现没看见阙幸。

"妈妈，我在这里。"

安念念低头，就看见小女孩不知道什么时候已经走到了她脚边，和怀里小男孩如出一辙的漂亮小脸仰起，面无表情地看了正在疯狂撒娇的哥哥一眼，露出了"我真受不了这个人"的神情。

说起来，也是真的神奇。

安念念生了一对龙凤胎，却完全把她和阙濯的性格反过来继承了。

早一分钟出生的哥哥阙跃，人如其名，活泼好动得像个永动机，每天被妹妹欺负一百次，告状却只有五十次，因为剩下那五十次压根不知道自己被欺负了。

晚一分钟出生的妹妹阙幸，顶着一张甜美可爱的小脸，实际上是幼儿园出了名的酷 girl，很少和其他小朋友疯玩到一起，口头禅是"你们这群小鬼真幼稚"。

这一刻，安念念看着女儿平静的可爱小脸儿，好像能看见小时候的阙濯想玩又不愿放下身段，憋着口气一脸臭屁的样子。

"行了，别一直抱着他了。"阙濯在安念念走神的工夫，把永动机接了过去，放在地上，"这小子估计是骨骼在发育，最近越来越沉，多抱两分钟我怕你明天手都抬不起来了。"

"我哪有！"阙跃被爸爸从妈妈怀里拎出来，发出了委屈的抗

浪漫过敏

议声,"我才不重呢,昨天爷爷奶奶来接我都说,我要多吃点饭才能长高!"

一旁的阙幸撇撇小嘴:"肯定是因为你今天多吃了一个小蛋糕,就胖了呗,老师说了一人只能吃一个的。"

"可是那是多出来的一个,老师让我吃的……"

眼看阙跃都快委屈成一团了,安念念赶紧摸了摸儿子笨拙的小脑袋瓜:"好了好了,我们赶紧回家了,今天老师布置了什么作业啊?"

一家四口重新上了车,两位小朋友坐在后座的儿童安全座椅上,座椅中间堆着他们的小书包和小帽子。

路上,安念念负责和小朋友们聊天,阙濯负责开车,直到阙幸一句"这不是回家的路",才提醒了安念念,让她往窗外看了一眼。

阙幸没认错,这确实不是回家的路,而是去阙濯父母家的路。

安念念下意识以为阙濯开错了:"这里好像不好调头,准备去前面的十字路口往回开?"

"不是。"阙濯说,"我打算把他们送到我爸妈那去。"

这么突然?

安念念愣了一下,就听阙濯继续说:"我们两个都好久没休年假了,这次正好五周年,我想带你出去走走,把蜜月补了。"

"啊?"

"我跟爸妈他们都说好了,两个小鬼就在他们两家一家住一周,两个星期之后我们估计也回来了。"

"啊？爸爸妈妈你们要去哪里啊？"后座的阙跃立刻发出不安的声音，"我怎么没听说你们要走哇！"

一旁的阙幸非常受不了哥哥的迟钝："他们要去谈恋爱了，二人世界，你懂不懂？"

阙跃眨了眨眼，依旧不解："那不能带上我们吗？"

"带上我们就不是二人世界，是四人世界了啊，笨蛋！"

"是吗，我数数，爸爸，妈妈，我和你……"

"……"

虽然有那么点不想承认，安念念感觉阙跃是真的像她。

就这永远慢半拍、傻乎乎的样儿，安念念感觉简直看到了自己的童年。

就像现在，被阙濯带着踏进机场的候机室时，她还没反应过来："不是，我还没收拾行李呢，我们什么都没带——"

"没带正好。"阙濯一把将她揽过，打断了安念念的犹豫，"刚幸幸不是说了吗……"

"我们是要去谈恋爱的，二人世界，懂不懂？"

阙濯你现在有逻辑吗？

谈恋爱的人，连行李都不用带是吧？！

坐上飞往捷克的航班，安念念总算好像有那么一点点能理解阙濯的概念。

二人世界就不要满脑子想着孩子，就当没孩子，那既然要当没孩子就索性不要回家，面对那一地玩具零食，直接没有烦恼地

浪漫过敏

踏上旅程。

"哎，阙濯，我跟你说。"

两人坐在头等舱的座椅上，因为不是旺季，周围乘客彼此之间相隔距离不是一般的远，让安念念不用担心扰邻，壮起胆子和阙濯咬耳朵："我好像忽然能理解，为什么现在的小姑娘都喜欢开盲盒了。"

两个人都是直接从公司出来，安顿了孩子就来了机场。此刻阙濯一身西装西裤，安念念则是职业套装，往飞机上一坐，简直是再经典不过的出差伴侣。

不过比起依旧衣冠楚楚的安念念，阙濯倒是俨然已经进入了度假的状态，他把西装外套脱了，将里面的白衬衣袖子挽到了小臂处，露出一截血管微微隆起、肌肉线条清晰、力量感十足的小臂。

"嗯？为什么？"

他帮安念念也放倒了椅背，将座椅中间的扶手打了上去，揽着她的肩膀在飞机机舱中躺下小憩时，耳畔好像已经听见了海鸥的鸣叫声。

"因为刺激呗，毕竟我是拿到机票的那一刻才知道我们要去布拉格。"安念念说。

安念念长这么大也没去国外旅游过，就连护照都是大学毕业后怕工作需要出国而办的。

提起布拉格，她第一反应就是蔡依林的那首歌，至于布拉格有什么景点，当地有什么特色美食，一律都靠登机后上网搜索。

阙濯轻声哼笑:"这只是第一站,我们不会在布拉格待太久的。"

直到这一刻,安念念终于意识到,阙濯好像为了这场说走就走的旅行,已经暗戳戳地谋划了一阵子了。

不过这一趟旅行从一开始就不算顺利,国内到布拉格的飞机光航程就需要差不多二十小时,中间还经历了一次转机延误。等安念念真的站在了布拉格机场外,感觉自己两条腿都已经在飞机上坐软了,格外珍惜这种脚踏实地的感觉。

当安念念推开酒店房门的时候,布拉格正处于一个无比绮丽而神秘的黄昏。

落日从西边铺满了半扇天空,为远处的布拉格城堡镀上一层神圣的金辉,云絮被压在天际线周围,在这种极为梦幻的粉紫色天空中,成为最浓墨重彩的几笔。

查理大桥上路灯亮起,行人络绎不绝,远远能看见两旁的街头艺术家正在卖力表演,河道上的游船正准备启航,船身红色的装饰与岸旁建筑物的屋顶相互呼应。

安念念透过落地窗将美景一览无遗的瞬间,她忽然觉得,压在身上的疲累好像在这一刻都不复存在。就连转机航班晚点这种不愉快的小插曲,都好像成为让他们与这片景色邂逅的因缘。

吃过晚饭,布拉格的天也彻底黑了下去。

安念念洗完澡换好衣服,就窝在落地窗边的沙发上,看着外面的游船在湖面缓行。

浪漫对敌

长这么大第一次坐这么久的交通工具，安念念这一刻确实有点累。阙潇从浴室出来，就看见安念念蜷在单人沙发里，整个人就像是陷在沙发里的懒猫，一动也不动。

这房间挺大，但处处都透露着为情侣准备的细节，比如现在落地窗前，面对而立的一对单人沙发。

阙潇走过去，看安念念盯着游船出神，便坐到她对面，伸出手去握住她的脚踝，将她的脚放到了自己腿上。

"早知道至少应该让你回家换个鞋。"

安念念立刻得寸进尺地把另一只脚也伸了过去："那就谢谢阙总了，这只脚也受累给我揉揉吧。"

"行。"阙潇笑着把她两只脚安顿好，就着房间里昏黄暧昧的光线与布拉格高处的寂静，轻轻托起她的脚掌，缓慢而准确地揉起来。

"我现在觉得，我们确实应该多出来玩玩，要不然都已经忘了要怎么安排，玩儿的能力都退化了。"

毕竟两个人除了夫妻关系之外，还是同事关系，忙起来都是一起忙，关于旅行经验上的缺失自然也是不约而同。

阙潇这次自诩制订了非常详尽的旅行计划，但真的拉着安念念出发，才意识到他考虑得还是太少。

比如他们的第一站好像远了点，中间转机时的晚点虽然属于突发事件，但如果提前考虑到了，也许会有更好的方案打发时间。

再加上安念念这一路穿着高跟鞋，到了俄罗斯机场等待转机的时候，两人才得空去换了一身行头，解放了安念念的双脚。

"我觉得吧,主要还是阙总缺乏一些实践上的经验,毕竟之前安排时间这件事都是我在做。"

安念念听着阙濯承认错误,一双眼睛依旧盯着窗外,却悄悄地扬起了嘴角,张口便是调侃:"不过第一次这样已经不错了,以后可以多跟安秘书学习学习。"

阙濯也很虚心:"好,以后多跟安秘书学习。"

"用点力啊小阙,刚晚饭没吃饱啊?"安念念见他今天伏低做小,立刻得寸进尺。

他们这次旅行没有把时间定死,属于是想到哪儿走到哪儿,因为不赶时间,所以每天就手牵手慢慢悠悠地逛这座城市,上午去布拉格动物园,下午去国家木偶剧院,逛完再去看看斯特拉豪夫修道院。

从快节奏的城市生活忽然转变为慢节奏的旅行生活,安念念一开始还有点不适应,好在过了半天就已经完全习惯,甚至连走路的步调都缓慢了下来。

就这么在布拉格待了三天,眼看该去的地方也去得差不多了,安念念睡前想起一件事:"对了,我们下一站去哪啊,机票你订了吗?"

阙濯已经快睡着了,半梦半醒间,搂着她的腰,在安念念的眉心亲了一下:"订好了,明天晚上八点半登机。"

"晚上八点半?"安念念有点好笑:"怎么订这么晚,不会又是没经验吧。"

浪漫过敏

"不是,明天除了上午就只有晚上的飞机了。"阙濯不知道是不是因为疲倦,声带有些黏,显得特别哑,加上他声音轻,此刻听起来就像是在耳膜上摩擦的细密盐粒,"然后上午还有别的安排,我也不想太赶,就定晚上了。"

还有别的安排?

安念念回忆了一下这三天的旅程,又把布拉格的景点在脑子里筛了一遍,确认了一下有没有还没去过的地方。

"你别想了,不是景点。"

阙濯忍着困又看她一眼,果然看见安念念还睁着眼睛满脸若有所思,顿时笑出声来:"你要是还不困,要不要做点别的?"

安念念立刻给阙濯表演了一个秒睡。

次日,安念念一觉醒来已经九点多了,阙濯估计是早就已经起了,身上换回了来时的黑西装,坐在沙发上。

安念念这两天看惯了一身休闲打扮的阙濯,现在猛一看这身黑色的盔甲包裹着阙濯精壮的身体,衬衣纽扣郑重地扣到顶端第一颗,让她在有点不习惯的同时,又不自觉地回想起他们婚礼那天。

正如前文所说,他们婚礼相当低调,比起婚礼,更像是大型的亲友聚餐。

只不过和聚餐相比,区别就在于安念念还是穿上了婚纱,阙濯也换上了正装。

其实男人的西装,除去颜色之外,都大同小异——不知道别

番外二 每一天都是热恋

人怎么想，但安念念确实一直这么觉得。

但那天阙濯换上了那身定制的黑色西装，胸前的口袋别着一枝与她手里捧花一样的白玫瑰时，安念念的心跳还是忽地加速了起来。

黑与白，是这个世界上对比最强烈的颜色，玫瑰的婀娜却很好地中和了他身上凌人的气势，让他多出几分温和的斯文感。

当时阙濯衣服比安念念换得快，早一步在换衣间门口等她，在看见她穿着白色婚纱走出来的时候，嘴角不自觉上扬，眼神比这次初到布拉格那天傍晚的晚霞更加温柔。

想到婚礼，安念念心头微动，随手从昨晚在查理大桥上买的一束白色洋桔梗中折下一朵，凑过去插进了他身前的手巾袋里。

阙濯很顺从地等安念念调整角度和花瓣，摆弄完，才将她抱住，坐在了他的腿上。

两个人谁也没开口说话，但身体却在不由自主地靠近，就以布拉格湛蓝的晴空作为背景，缓缓地吻到了一起。

直到客房服务员按响了门铃，推着早餐车进来，安念念才赶紧红着脸进去换衣服。

等她出来时，客房服务员还在摆盘，见她落座，就看着她露出会心的笑容。

安念念一开始还觉得可能是礼貌，后来被盯着看多了，就有点不好意思，问阙濯："我衣服穿反了？"

大概是看出安念念的不自在，那位客房服务员用英语解释道："抱歉，我只是觉得你很美丽，而且你们之间的状态真的很好，所

245

浪漫过敏

以有点好奇你们的恋爱关系已经持续了多久,还能保持这样的新鲜感。"

安念念有些意外地"啊"了一声,倒是一旁阙濯落落大方地回答:"已经结婚五年了,恋爱比结婚多四个月。"

"哇哦,这真是我今年听过最甜蜜的爱情。"

客房服务员脸上的笑容更加明亮,羡慕地看了安念念一眼,临走的时候还不忘送上一份祝福:"祝你们永远幸福。"

今天本就起得晚,吃过早饭已经过了当地时间十一点,阙濯拎上在布拉格当地买的行李箱,跟安念念一起到了一楼大堂退房,然后和她手牵手漫步在布拉格的街道上。

他们走得不快,像是在漫无目的地轧马路,但安念念心里还惦记着昨天晚上阙濯说还有个地方想带她一起去,看哪儿都心不在焉的。

阙濯不说,她也不好问,直到阙濯带着她穿过瓦茨拉夫广场,走进了街边一个不怎么起眼的小店。

两人手牵手推门而入,门撞到里面的铃铛,发出一声悦耳脆响。

安念念进去站定后才发现,这家店只是门面看起来不怎么起眼,里面竟然是一家小小的珠宝店。

和一般珠宝店不同,这家店因为店面太小,没有那种陈列展示台,只有满脸白须的老掌柜和身后立着的两座立柜,上面展示着各式各样的金属饰品。

有戒指,有项链,造型各异,但相同的是设计感都很强,每一款都在顶灯的照耀下散发着光彩。

柜台里的老掌柜好像正在画图，听见铃声才抬头看了过来，朝两人打招呼："先生，你胸前这支洋桔梗可真漂亮，请问有什么事吗？"

阙濯拖着行李箱走上前，从外套内兜掏出钱夹，取出票据："我来取货，谢谢。"

老掌柜核对了一下票据上的数字，点点头，从柜台里取出一个巴掌大的绒布盒，放到阙濯面前的同时，却越过眼前人，看了一眼站在门口的安念念，笑着说："祝你们幸福。"

祝你们幸福。

安念念在短短两个小时里听到了两次同样的话，朝老掌柜回以微笑的同时，心里也有点恍惚：这么多人祝福，这不幸福好像都不行了。

阙濯简单地打开盒子看了一眼东西，便满意地朝老工匠道了谢，牵着安念念的手从店里走了出来。

距离他们登机的时间还早，他们还有大把的时间可以消磨在对方的身上，于是两人就回到了刚才的广场附近，找了一个地方坐下。

阙濯知道安念念已经开始好奇，也不再卖关子，直接把盒子当着她的面打开："半年前我就定了，想赶在周年前给你。"

安念念看了一眼，果然是两只对戒。刚才从老人拿出绒布盒的时候，安念念就想起几年前在她老家的酒店时发生的事。阙濯当时送了她一只女戒，然后两个人说好之后再一起去挑情侣对戒。

浪漫过敏

但后来工作忙了一阵，好不容易告一段落又发现怀孕，这件事就被无限期搁置。再加上后来阙濯家父母生怕安念念不喜欢，给他们俩买了好几对对戒，所以直到这一刻，她才稀里糊涂地想起来还有这档子事，恍然大悟地"啊"了一声："难怪你第一站非要来这么远的地方呢，原来是藏在这儿啊！"

她接过阙濯手里的绒布盒，终于开始仔细端详那两枚戒指。

两枚戒指都不是常规的款，男款更简洁，周身被打磨出了不规则的水纹，看起来就像是风平浪静的大海一隅。

女戒相比之下设计感显然要更多一些，是一条衔着尾巴的纤细游鱼。仔细看下去，戒身上每一处鳞片都经过了工匠的细心雕琢，鱼眼处一颗蓝色钻石象征着大海的颜色，也意味着它生命的永恒。

他是大海，而她是鱼。

彼此相容，彼此成就，难分难舍。

"念念，结婚五周年快乐。"阙濯从盒子里取出戒指，郑重其事地托起安念念的手，取下爸妈为他们选购的戒指，将象征着她的游鱼套进她的无名指，"我爱你。"

安念念好像忽然明白过来，刚才在酒店餐桌上，阙濯说的那句话是什么意思。

"已经结婚五年了，恋爱比结婚多四个月。"

安念念也有样学样地把戒指给阙濯戴上，两个人在婚礼上都没有进行的交换对戒的仪式，终于在结婚的第五年，于异国的街头迟迟补完。

番外二 每一天都是热恋

交换完戒指后,安念念满意地看着阙濯手指根部锃亮的银色指环,"嘿嘿"笑了两声:"不错啊小阙,这审美挺好,随我。"

眼看阙濯面色一凝,安念念赶紧把空盒往旁边一放,扑进丈夫的怀里,情真意切地说:

"好了,那我们第六年的恋爱,现在就要开始了!"

结婚五年,恋爱五年零四个月。

他们婚后的每一天,都是热恋。

以前是,现在是,未来也会是。

(全文完)

图书在版编目（CIP）数据

浪漫过敏 / 偷马头著. — 广州：广东旅游出版社，2023.11
　ISBN 978-7-5570-3141-1

　Ⅰ.①浪… Ⅱ.①偷… Ⅲ.①长篇小说-中国-当代 Ⅳ.①I247.5

中国国家版本馆CIP数据核字(2023)第177296号

出版统筹：	刘运东
特约监制：	王兰颖　代琳琳
选题策划：	芦　洁
责任编辑：	林保翠
特约编辑：	孙昭月　张开远
责任校对：	李瑞苑
责任技编：	冼志良
营销统筹：	李亚男　宋艳薇
封面设计：	鬼　哥
插画授权：	匪　果　十六ou　八年de二锅头　所所L　燃北柒

浪漫过敏
LANGMAN GUOMIN

广东旅游出版社出版发行
（广东省广州市荔湾区沙面北街71号首、二层 邮编：510130）
联系电话：020-87347732
天津鑫旭阳印刷有限公司
（地址：天津宝坻经济开发区宝中道北侧5号1号楼106室）
联系电话：022-22458633
880毫米×1230毫米　32开　8印张　178千字
2023年11月第1版第1次印刷
定价：42.80元

本书如有错页、倒装等质量问题，请直接与印刷厂联系换书。